Dieses Buch ist bei der Deutschen Nationalbibliothek registriert. Die bibliografischen Daten können online angesehen werden:
**http://dnb.d-nb.de**

IMPRESSUM


St.-Pauli-Deich 3 • 28199 Bremen
Tel. 0421-77866 • Fax 0421-704058
sachbuch@kellnerverlag.de • www.kellnerverlag.de

Lektorat: Manuel Dotzauer
Satz: Meike Kramer
Umschlag: Designbüro Möhlenkamp
Foto Seite 52: Meike Kramer
Foto Seite 84: www.pixelio.de

ISBN 978-3-939928-75-1

*Für*
*Marion, Nele und Bastian*

Für Sach- und Worterklärungen siehe Glossar ab Seite 156. Ferner finden Sie auf den Seiten 168/169 eine Karte vom historischen Bremen von 1905 sowie auf den Seiten 170/171 eine Übersicht der Kolonie Deutsch-Südwestafrika von 1910 (dem heutigen Namibia).

Falk Guder wurde 1973 in Bremen geboren und wuchs in der niedersächsischen Kleinstadt Weyhe auf. Er studierte in Vechta die Fächer Deutsch und Geschichte auf Lehramt und arbeitet heute als Realschullehrer an der Haupt- und Realschule in Twistringen. Bereits als Jugendlicher begeisterte er sich für Kriminalliteratur und später auch für Regionalgeschichte. »Tod im Herrenzimmer« ist sein erster Roman. Weitere Romane sind in Planung.

Falk Guder

# Tod im Herrenzimmer

## Historischer Bremen-Krimi

Kellner Verlag
Bremen Boston

*Stadthaus am Domshof um 1900*

# I

Fluchend, mit dem Wetter hadernd, trat Kriminalpolizeikommissär Otto von Weyhe in die Pedalen seines Fahrrades und versuchte angestrengt, dem Gegenwind zu trotzen, der ihm hart und unerbittlich entgegenwehte. Gerne hätte er in diesem Moment in einer Pferde- oder Straßenbahn gesessen und sich durch die Gegend fahren lassen, doch leider gab es diese Verkehrsmittel auf dem Weg von der Bremer Innenstadt nach Osterholz nicht, so dass er sich wohl oder übel mit Hilfe seines Fahrrades fortbewegen musste.

Der Wind schlug ihm weiter hart und unerbittlich ins Gesicht. Von Weyhe fiel es unglaublich schwer, dagegen anzuradeln und mit seinem Fahrrad auf dem unebenen Schotterweg voranzukommen. »Zum Glück«, dachte der Kommissär nur, »befinden wir uns bereits in Osterholz. Das Ziel kann also nicht mehr weit entfernt sein.«

Osterholz, der kleine Stadtteil im Osten der inzwischen fast 200.000 Einwohner zählenden Großstadt Bremen, war dünn besiedelt. Neben zahlreichen Ackerflächen und Wiesen, auf denen Kühe und Pferde weideten, passierten sie links und rechts des Weges vereinzelte Bauernhöfe, aber auch freistehende Häuser mit großen Grundstücken. Otto von Weyhe runzelte die Stirn. Osterholz hatte er von früher noch wesentlich ländlicher in Erinnerung gehabt. Aber auch in diesem Bremer Stadtteil hatte die Industrialisierung eindrucksvoll ihre Spuren hinterlassen. Nur noch ein Drittel der nicht ganz 2.000 Osterholzer (das hatte der Kommissär mal in der Zeitung gelesen) lebte noch von der Landwirtschaft. Die anderen Bewohner waren dagegen überwiegend Arbeiter und verdienten ihr Geld vorwiegend in den riesigen Hemelinger Zigaretten- oder Silberwarenfabriken.

Kriminalpolizeikommissär von Weyhe fluchte erneut laut vor sich hin, als ihm aufgewirbelter Staub von vorn direkt in das Gesicht schlug und er auf einmal einen sehr sandigen Geschmack im Mund verspürte. Seine Zähne knirschten geräuschvoll bei dem Versuch, den Sand zwischen seinen Zähnen irgendwie herauszubekommen.

Zu allem Übel hatte es gerade auch noch angefangen zu regnen, kleine Wassertropfen wehten auf den Kommissär und zwei weitere Männer herab, die vor ihm fuhren und ebenfalls mühsam versuchten, sich mit ihren Fahrrädern einen Weg durch den starken Wind zu bahnen.

Seit über einer Stunde waren sie jetzt schon unterwegs. Vergrellt verzog von Weyhe das Gesicht und versuchte weiterhin angestrengt, dem Gegenwind zu trotzen, um mit seinem jungen Assistenten, Kriminalwachtmeister Heinrich Hansen, sowie mit dem für Osterholz zuständigen Landjäger, Horst Ahrens, irgendwie Schritt zu halten. Als diese sich trotz aller Anstrengungen, die der Kommissär verzweifelt aufbrachte, allerdings immer weiter von ihm entfernten, schrie er ihnen, in der Hoffnung, dass sie ihn trotz des starken Windes hören würden, auf einmal wütend entgegen:

»Hansen! Ahrens! Jetzt warten Sie doch mal auf mich! Ich bin schließlich keine dreißig mehr!«

Kriminalwachtmeister Heinrich Hansen und Landjäger Horst Ahrens verlangsamten daraufhin augenblicklich ihr Tempo, so dass der Kommissär allmählich aufholen konnte. Von Weyhe konnte erkennen, dass Hansen ein leichtes Schmunzeln auf den Lippen hatte.

»Na warte, Bürschchen«, dachte er nur erbost, »dein Lachen wird dir schon noch vergehen. Wenn wir gleich am Tatort sind, schicke ich dich erst einmal zur Spurensuche durch den Kuhstall! Und zwar durch jeden einzelnen Fladen!«

Angestrengt trat der leicht übergewichtige Kommissär weiter in die Pedalen und dachte sehnsüchtig an den heutigen Vormittag zurück. Was hatte er sich doch, nach all den Turbulenzen der letzten Monate, mal wieder auf einen gemütlichen Tag in seinem Büro gefreut.

Seit dem 6. März, das war jetzt über vier Monate her, war es in der Stadt Bremen, beim gesamten Polizeiapparat und nicht zuletzt bei Kriminal-Polizeikommissär Otto von Weyhe selbst komplett drunter und drüber gegangen. Alles hatte damit begonnen, dass der deutsche Kaiser, Wilhelm II., an diesem Tag in Bremen zu Besuch gewesen war. Obwohl die Bremer

Polizei, natürlich auch die Kriminalpolizei, im Vorfeld alles dafür getan hatte, dass der Kaiser bestmöglich geschützt war, war es dennoch, unfassbar für alle, zu einem Attentat gekommen, das sowohl Bremen als auch das gesamte Deutsche Reich in seinen Grundmauern erschüttert hatte. Ein Schlosser, Dietrich Weiland mit Namen, hatte sich urplötzlich aus einer Menschenmenge gelöst und mit voller Wucht ein Eisenstück auf den kaiserlichen Wagen geworfen. Bei diesem Anschlag wurde Kaiser Wilhelm II. schließlich leicht am Kopf verletzt.

Was folgte, waren natürlich unzählige Untersuchungen, Verhöre und gegenseitige Schuldzuweisungen gewesen, bis der Fall vor ein paar Tagen, zur Erleichterung aller Beteiligten, endlich abgeschlossen und zu den Akten gelegt worden war. Dietrich Weiland wurde letztlich für unzurechnungsfähig befunden und in eine Heilanstalt eingeliefert.

Otto von Weyhe trat weiter angestrengt in seine Pedalen und dachte erneut mit Wehmut an den heutigen Vormittag zurück. Eigentlich hatte er sich fest vorgenommen, nur in seinem Büro zu bleiben und den ungemütlichen Außendienst seinen jüngeren Kollegen zu überlassen. Er wollte, an diesem ungewohnt stürmischen, ungemütlichen Tag im Juli, dem zwölften des Jahres 1901, lediglich ein paar Akten bearbeiten und zwei längst überfällige Abschlussberichte schreiben. Gemächlich hatte er sich erst einmal einen Kaffee zubereitet, sich die Schuhe ausgezogen und es sich dann, mit der ersten Akte in der Hand, in seinem großen Schreibtischstuhl bequem gemacht.

Otto von Weyhe liebte sein Büro, das sich in der ersten Etage des Alten Stadthauses, gleich neben dem Bremer Rathaus, befand, über alles. Von hier konnte er dem Treiben der Bremer Bevölkerung auf dem

Marktplatz sowie in der Innenstadt jederzeit zuschauen, wenn er der stupiden Akten- und Büroarbeit zwischendurch mal überdrüssig war und sich seine Augen nach etwas Abwechslung sehnten. Die Blicke nach draußen entspannten ihn kurzzeitig und vermittelten ihm stets das Gefühl, am Leben, welches sich außerhalb des Kriminalpolizeigebäudes abspielte, irgendwie teilzuhaben.

Während er noch angestrengt sein Fahrrad über den holprigen Schotterweg lenkte, wiederholten sich die Geschehnisse des Vormittags in seinen Gedanken:

Gerade als er sich zum wiederholten Male entspannt in seinem Stuhl zurückgelehnt hatte und seine Akte weiter studieren wollte, hörte er auf dem Flur des Polizeigebäudes auf einmal ein lautes Gepolter. Augenblicklich unterbrach von Weyhe seine Aktenarbeit und horchte auf.

Er hörte, dass ein Mann laut und aufgeregt auf einen anderen einredete. Der Mann schien sehr erregt zu sein, von Weyhe konnte hören, dass er nur halbe, unvollständige Sätze von sich gab und völlig außer Atem zu sein schien. Dann näherten sich seinem Büro auf einmal schnelle Schritte.

Ehe der Kommissär darüber nachdenken konnte, was sich auf dem Flur des Polizeigebäudes abspielte, wurde, ohne dass jemand vorher anklopfte, die Tür seines Büros aufgerissen. Ein völlig verstörter junger Landjäger stürmte in sein Zimmer, dicht gefolgt von Otto von Weyhes jungem Assistenten, Kriminalwachtmeister Heinrich Hansen.

»Verzeihen Sie bitte, Herr Kriminalpolizeikommissär von Weyhe, dass ich hier so reinplatze«, stotterte der junge Mann augenblicklich los, »mein Name ist Ahrens. Horst Ahrens. Landjäger Horst Ahrens, Polizeidiener zu Diensten. Ich bin für den Stadtteil Osterholz zuständig. Und muss leider einen furchtbaren Mord melden!«

Von Weyhe und Hansen hatten sich, überrascht natürlich vom hektischen Auftritt des Landjägers, zunächst nur fragend angeschaut. Die verschiedensten Gedanken schossen dem Kommissär augenblicklich durch den Kopf:

»Horst Ahrens? Polizeidiener? Furchtbarer Mord? In Osterholz? Was genau war passiert ...?«

Nachdem sich von Weyhe und Hansen nach einigen Sekunden wieder gefasst hatten, wandte sich der Kommissär schließlich mit ruhiger Stimme an den jungen Mann:

»Nun beruhigen Sie sich doch erst einmal, Ahrens, und setzen Sie sich. Kommen Sie erst einmal zur Ruhe. Danach können Sie uns von diesem ›furchtbaren Mord in Osterholz‹ immer noch berichten.«

Der Landjäger nickte daraufhin nur stumm und setzte sich, immer noch erregt und aufgewühlt, auf den großen Schreibtischstuhl des Kommissärs. Tief und langsam atmete er durch.

Nach einigen Minuten, nachdem die Erregung allmählich nachgelassen und er tatsächlich einigermaßen zur Ruhe gekommen war, begann er schließlich zu erzählen, was sich in Osterholz so Schreckliches zugetragen hatte:

»Gestern Abend wurde in meinem Osterholzer Zuständigkeitsbereich, auf einem riesigen Bauernhof am Rande des Stadtteils, ein furchtbares Verbrechen verübt. Friedrich Horstmann, der Besitzer des Hofes, wurde auf grauenvolle Art und Weise ermordet!«

Von Weyhe und Hansen tauschten kurz einige Blicke aus. Beiden war der Name des Toten allerdings kein Begriff, einen Friedrich Horstmann kannten sie nicht.

»Friedrich Horstmann«, fuhr der Landjäger fort, »wurde 1869 in einem kleinen Dorf südlich von Bremen geboren. Seine junge Magd, Alma Schmidt, die ich am Tatort noch kurz verhörte, erzählte mir, dass er einige Jahre in Deutsch-Südwestafrika gelebt und es dort mit seiner Viehwirtschaft wohl zu großem Wohlstand gebracht hatte. Vor knapp zwei Jahren, im Juni 1899, war er schließlich wieder in den Norden des Deutschen Reiches zurückgekehrt und hatte sich mit seinem Vermögen in Osterholz einen riesigen Bauernhof mit großen Ländereien gekauft. Hier wohnte er dann zusammen mit seinem Gesinde, der Magd Alma Schmidt, dem Knecht Wilhelm Stenzel sowie dem Knecht Johann Schütte, der allerdings inzwischen auf einem anderen Hof arbeitet.

Friedrich Horstmann, dies alles erzählte mir die Magd, war wohl ein sehr harter Mann mit einem sehr heftigen Temperament. Vor allem wenn er betrunken war, was fast täglich der Fall gewesen sein soll, entwickelte er eine unglaubliche Brutalität seiner Umwelt gegenüber. Ständig kam es zu Streitigkeiten mit seinen Knechten oder auch Gästen in der örtlichen Kneipe. Alma Schmidt schloss sich seit den letzten Wochen abends sogar ständig oben in ihrer Kammer ein, so große Angst hatte sie inzwischen vor ihrem Arbeitgeber und seinen gefährlichen, unkontrollierten Tobsuchtsanfällen.«

Kriminalwachtmeister Hansen hörte seinem Kollegen Horst Ahrens aufmerksam und interessiert zu. Kriminalpolizeikommissär von Weyhe dagegen verzog leicht das Gesicht.

»Ahrens«, unterbrach er die Ausführungen des Landjägers, »das alles ist wirklich sehr interessant. Aber schildern Sie uns doch jetzt bitte den Mord, der sich dort zugetragen haben soll.«

Ahrens nickte nur kurz und fuhr fort:

»Wie schon erwähnt, hatte es Horstmann in Deutsch-Südwestafrika zu einem wohlhabenden Mann gebracht. Nachdem er den Bauernhof in Osterholz gekauft hatte, richtete er sich in dem größten Raum, der sich in der unteren Etage befindet, ein stattliches Herrenzimmer ein, wohin er sich abends stets alleine zurückzog, wenn er nicht gerade in der Kneipe war und dort seiner gewohnheitsmäßigen Trinksucht nachging. Zutritt hatte außer ihm nur Alma Schmidt, damit sie gelegentlich mal putzen oder aufräumen konnte.

Die Einrichtung von Horstmanns Herrenzimmer ist mehr als luxuriös. Lederne Sessel, elegante Couchtische und ein prunkvoller Schreibtisch aus Eichenholz gehören unter anderem zum Mobiliar. Überall an den Wänden hängen Erinnerungen aus seiner Zeit in Deutsch-Südwestafrika, zum Beispiel eine alte Flagge, Speere, Schilde, Rinderfelle sowie verschiedene Antilopenköpfe. Zudem verfügt das Herrenzimmer über eine eigene Bar mit unzähligen verschiedenen Rum- und Whiskysorten. Gestern Abend ging Alma Schmidt, nach eigenen Angaben, nach einem harten Arbeitstag relativ früh zu Bett. Laut ihrer Aussage war sie wohl auch relativ schnell eingeschlafen. Nachts wurde sie dann auf einmal durch einen gellenden Schrei geweckt, der, wie sie zu hören glaubte, wohl von Friedrich Horstmann ausgestoßen worden war.«

»Warum ist sie nicht gleich nach unten gerannt und hat nach dem Rechten geschaut?«, unterbrach Kriminalwachtmeister Hansen neugierig den Landjäger. »Das wäre doch eigentlich das Erste gewesen, was man tun würde, wenn man nachts jemanden schreien hört.«

»Sie verließ ihre Kammer nicht, weil sie seine Wutanfälle kannte und sich nichts Besonderes dabei dachte«, erwiderte Ahrens daraufhin nur kurz. »Wie schon erwähnt, geriet Horstmann oftmals in Raserei, wenn er etwas getrunken hatte. Alma Schmidt berichtete mir, dass er wohl des Öfteren nachts durchdrehte sowie laut und unverständlich im Haus herumschrie.«

»Fahren Sie fort, Ahrens«, schaltete sich nun auch der Kommissär ein. »Der Mord. Was hat es nun mit dem Mord auf sich?«

»Ja, der Mord ... Am nächsten Morgen stand Alma Schmidt, früh wie immer, auf und ging ihrer Arbeit in den Ställen nach. Als sie nach einiger Zeit, auf dem Rückweg vom Kuhstall, zufällig außen an dem Herrenzimmer vorbeikam, entdeckte sie auf einmal, dass ein Fenster sperrangelweit offen stand. Nichtsahnend näherte sie sich dem Fenster und schaute von außen in das Zimmer hinein. Was sie dort sah, verschlug ihr nach eigenen Angaben wohl komplett die Sprache. Hysterisch, schreiend, einer Ohnmacht nahe, lief sie danach sofort in ihren Holzschuhen zu mir, um mir von dem schrecklichen Erlebnis zu berichten.«

»Was hat sie denn nun gesehen?!«, wurde von Weyhe jetzt langsam wirklich etwas ungeduldig. »Nun erzählen Sie es doch endlich, Ahrens!«

»Also, Alma Schmidt rannte, wie schon gesagt, geradewegs mit ihren Holzschuhen zu mir und berichtete mir bruchstückhaft von dem, was sie so Schreckliches in dem Herrenzimmer gesehen hatte ...«

Von Weyhe hatte Mühe, sich zu beherrschen und den jungen Landjäger nicht laut zusammenzuschreien. Ahrens sollte nicht den kompletten Tagesverlauf von ihm und der Magd erzählen, sondern endlich von dem Mord berichten. Ob die Magd in ihren Holzschuhen oder gar barfuß zu ihm unterwegs gewesen war, interessierte ihn dabei herzlich wenig.

»Nachdem Alma Schmidt mir also alles erzählt hatte, ging ich schließlich mit ihr zusammen zurück zum Horstmannhof ...«

Von Weyhes Halsschlagader begann zu pochen.

»Wenn der Kerl jetzt nicht gleich ...«

»Als wir den Hof schließlich erreichten und das Herrenzimmer betreten wollten«, fuhr Ahrens mit seiner ausführlichen Berichterstattung unbeirrt fort, »war die Tür von innen verriegelt. Die Magd hatte keinen Schlüssel zu dem Zimmer, den besaß nur Friedrich Horstmann. Ich überlegte kurz, ob ich die Tür aufbrechen sollte, aber aus Angst, eventuell wichtige Beweise zu vernichten, entschloss ich mich schließlich, von außen durch das Fenster zu klettern. Ich ging also um den Hof herum und schwang mich auf den nicht sehr hoch gelegenen Fensterrahmen. Bevor ich allerdings auf der anderen Seite wieder hinunter in das Zimmer sprang, fiel mein Blick auf einmal auf den grausam zugerichteten Hofbesitzer.«

Horst Ahrens machte eine kurze Pause.

»Herr Kriminalpolizeikommissär, Herr Kriminalwachtmeister, Sie können sich nicht vorstellen, wie mir der Schrecken in die Glieder fuhr. Fast wäre ich hintenüber vom Fensterrahmen gefallen, so zu Tode erschrocken war ich. Friedrich Horstmann saß mit weit aufgerissenen Augen und verzerrtem Gesicht in einer Ecke des Herrenzimmers und rührte sich nicht mehr. Sein Gesicht war mit Blut überströmt. In seiner Brust befand sich eine lange, wohl afrikanische Lanze, deren Spitze an seinem Rücken wieder ausgetreten war. Vor dem Toten lag ein mit Blut bespritzter Revolver auf dem Boden. Der ganze Raum war voller Blutspritzer. Bücher, Papiere und Glasscherben lagen überall auf dem Fußboden herum, auch die Schubladen des Schreibtisches waren allesamt aufgebrochen und lagen herausgerissen und teilweise zersplittert auf dem Boden des Zimmers. Nachdem ich mich mühsam von meinem Schock erholt hatte, befragte ich noch kurz die Magd, die ebenfalls stark unter Schock stand, und machte mich umgehend auf den Weg zu Ihnen in die Innenstadt, um der Kriminalpolizei den Mord zu melden.«

Nachdem der junge Landjäger schließlich seinen ausführlichen Bericht beendet hatte, wurde es im Bremer Kriminal-Polizeigebäude auf einmal sehr hektisch. Kriminalpolizeikommissär Otto von Weyhe, Kriminalwachtmeister Heinrich Hansen und Horst Ahrens besprachen noch einmal kurz den weiteren Tagesablauf, um danach rasch das Büro zu verlassen und die Treppe, die zum Haupteingang führte, hinunterzustürmen. Um den Tatort zu sichern und etwaige Beweise sicherzustellen, das wusste der Kommissär aus seiner langjährigen Diensterfahrung heraus, mussten sie umgehend handeln.

Schnell stürmten er und Hansen noch eine weitere Treppe hinunter, um ihre Fahrräder aus dem Keller zu holen. Dann verließen die drei Polizisten schließlich das Gebäude, um sich unverzüglich auf den an diesem Tag beschwerlichen Weg nach Osterholz zu begeben.

*Historische Ansicht der Schlachte um 1850*

# II

Nervös, abwechselnd von einem Bein aufs andere wippend, stand der junge Mann mit dem großen, runden, breitkrempigen, dunklen Hut im Hamburger Hafen am Petersenkai, Schuppen 29, und wartete ungeduldig darauf, endlich auf dem riesigen Dampfschiff mit Namen »Admiral«, das sich majestätisch vor ihm aufgebaut hatte, an Bord gehen zu dürfen. Unruhig griff er zum wiederholten Male in die Innentasche seiner hochgeschlossenen Weste, um zu kontrollieren, ob die Fahrkarte, die er in den Tagen zuvor für viel Geld bei der Ost-Afrika-Linie gelöst hatte, sich noch an ihrem rechten Platz befand. Tief holte er noch einmal Luft und atmete kräftig durch, bevor auch er schließlich an Bord des gigantischen Dampfschiffes gehen und das riesige Deck mit seinen schwarzen Lederschuhen betreten durfte. Mit einem Hauch von Wehmut und zugleich Abenteuerlust lehnte er am Bug über die Reling gebeugt und beobachtete, wie zunächst die Landungsstege hochgewunden und die Anker gelichtet wurden. Er hörte, wie eine Kapelle an Land noch das ihm wohl bekannte Lied »Muss i denn, muss i denn zum Städtele hinaus« spielte. Dann spürte er, wie sich die »Admiral« schließlich langsam in Bewegung setzte und sich allmählich immer weiter vom vertrauten Ufer entfernte. Vom Schuppen aus winkte den Abfahrenden eine große Menschenmenge mit weißen Tüchern zu, der junge Mann registrierte, dass um ihn herum viele Männer, Frauen und Kinder Tränen in den Augen hatten. Ihm selbst fiel dieser Teil des Abschiedes merkwürdigerweise nicht sonderlich schwer.

»Wahrscheinlich«, so dachte er, »liegt das daran, dass ich schon seit ein paar Tagen keinen vertrauten Angehörigen mehr in meiner Nähe hatte. Nun, alter Junge, gibt es kein Zurück mehr!« Dieses schoss dem jungen Mann im Bruchteil einer Sekunde noch durch den Kopf, als er sich umdrehte, der Reling langsam den Rücken kehrte, eine Treppe hinabstieg und sich unter Deck begab.

Ein neuer Lebensabschnitt hatte soeben unweigerlich für ihn begonnen, bei dem es galt, den Blick nur noch nach vorn zu richten. Ein Lebensabschnitt, der ihn einerseits mit zahllosen Ängsten und Ungewissheiten, andererseits aber auch mit großen Hoffnungen und Wünschen erfüllte.

Nach einiger Zeit verließ das Dampfschiff den mächtigen, großen Hamburger Hafen mit seinen unzähligen Schiffen, Booten, Kasten und Lagerhäusern und gelangte alsbald in die große Nordsee. Nach drei Tagen befand es sich bereits in Antwerpen, wo die »Admiral«, nachdem sie von einem Lotsen an die Landungsbrücke dirigiert worden war, das erste

Mal vor Anker ging. Weitere drei Tage blieb das Schiff schließlich in dem großen belgischen Hafen, um Unmengen von Kohle und fertigem Material für riesige Anlagen in Übersee, vor allem für den Eisenbahnbau, an Bord zu laden. Die Passagiere vertrieben sich unterdessen die Zeit vornehmlich in der Stadt, da die Tage an Bord durch die Beladung der Frachtgüter alles andere als angenehm oder gar »gemütlich« waren. Nur zum Essen, das stets abends gegen sechs Uhr serviert wurde, fanden sich in der Regel alle wieder auf dem riesigen Dampfer ein.

Während die meisten Schiffsinsassen das Ende dieses für sie eher langweiligen und langwierigen Aufenthaltes herbeisehnten, versuchte der junge Aussiedler mit dem breitkrempigen, dunklen Hut, der im Hamburger Hafen an Bord gegangen war, seine Zeit in Antwerpen so gut und sinnvoll, wie es irgendwie ging, zu verbringen. Er ging einfach mal in eine Kneipe, um dort ein Bier zu trinken, oder ging nur in einem der schönen Antwerpener Parks spazieren, um sich dort die warme Frühlingsluft um die Nase wehen und die wiedererstarkte Sonne ins Gesicht scheinen zu lassen. Auch in die belgische Hauptstadt, nach Brüssel, machte er zwischendurch mal einen Abstecher. Tief beeindruckt zeigte er sich hier vor allem von den riesigen Bauten, allen voran von dem Königspalast sowie auch dem Triumphbogen.

Als der Dampfer nach drei Tagen endlich fertig beladen war, fuhr er von Antwerpen denselben Weg zurück durch die Schelde und ging einen Tag darauf schließlich in Dover, an der Küste Englands, ein weiteres Mal vor Anker, um dort unter anderem weitere Passagiere an Bord zu nehmen. Vorbeifahrende Segel- und Kriegsschiffe grüßten dabei stets ehrfurchtsvoll den majestätischen »Admiral«.

Im Anschluss an diesen kurzen Aufenthalt an der englischen Küste nahm das Dampfschiff in den darauffolgenden Tagen ordentlich Fahrt auf, zwischen dreizehn und fünfzehn Kilometer legte es nun in der Stunde zurück. Auch das Wetter war zur Freude der Passagiere weiterhin ausgezeichnet, die Sonne schien unaufhörlich und das Wasser des Atlantiks glitzerte hell auf der Oberfläche. An Deck der Ersten Klasse spielte schon am frühen Morgen die Schiffskapelle, allerorts waren die Menschen fröhlich und gut gelaunt.

In Las Palmas wurde dann noch einmal ein Zwischenstopp eingelegt, um Früchte, Kartoffeln, Gemüse und vor allem Frischwasser an Bord zu nehmen. Auch Händler wurden in Las Palmas zwischenzeitlich auf das Schiff gelassen, die den Passagieren Muscheln, Messer, verzierte Dolche, Zigarren und den Damen sogar Spitzenkleider anboten. Zahlreiche Boote mit Einheimischen, die um Präsente bettelten, umlagerten zudem das Schiff. Ein Rudel Farbiger tauchte in der ungeheuren Tiefe nach geworfenen Geldstücken und brachte sie, unter dem Gejohle einiger angetrunkener Passagiere, schließlich wieder an die Oberfläche. Als es dunkel wurde, mussten die Einheimischen wieder von Bord. Der Kapitän gab noch die Anweisung, die Kabinen gut zu verschließen, da die Einheimischen angeblich alles klauten, was nicht »niet- und nagelfest« war. Um Mitternacht stach die »Admiral« dann wieder in See.

Als die Sonne am nächsten Morgen aufging, befand sich das Schiff auf offenem Meer, die Küste war komplett verschwunden. Jetzt lagen zwei wunderschöne Wochen vor den Passagieren des Dampfschiffes, sonnige Tage mit fortwährend blauem Himmel und wunderschöne Abende an Deck sollten von nun an ihre ständigen Begleiter sein.

Vorn übergebeugt, mit einem leichten Lächeln auf dem Gesicht, stand der junge Aussiedler erneut am Bug an der Schiffsreling und schaute verträumt in das glitzernde und funkelnde Kielwasser. Das Meer machte auf ihn den Anschein, als sei es elektrisch aufgeladen. Der Himmel war hell und klar, die Sonne brannte ihm wohltuend auf der Haut.

»Bis jetzt«, dachte er nur gedankenverloren, »habe ich meine Entscheidung noch nicht bereut. Im Gegenteil! Von mir aus darf es gerne so weitergehen wie bisher! Ich hätte absolut nichts dagegen!«

Dann stiegen jedoch auch leichte Zweifel in ihm auf, er hob kurz den Kopf und blickte steil hinauf zum Himmel, um danach erneut das Haupt zu senken und weiter vorn übergebeugt in das glitzernde und funkelnde Kielwasser des gigantischen Dampfschiffes zu schauen. Das Lächeln auf seinem Gesicht war urplötzlich verschwunden.

Insgeheim ahnte er, dass dieses Abenteuer noch lange nicht beendet war und dass es sich nicht so unkompliziert fortsetzen würde wie bisher. Zahlreiche Schwierigkeiten würden sich ihm sehr wahrscheinlich noch in den Weg stellen, die er allesamt, wie auch immer, irgendwie erfolgreich meistern musste. Dessen war er sich absolut sicher. Urplötzlich wurde ihm auf einmal heiß im Gesicht, starke Selbstzweifel stiegen in ihm auf. Was würde ihn in der neuen Heimat wohl alles erwarten?

Während der Tage auf hoher See erlebten die Passagiere an Bord der »Admiral« – neben dem immer gleich konstant herrlichen Wetter – täglich auch einiges an Abwechslung und immer mal etwas überraschend Neues. Eines Tages fand beispielsweise ein großes Bootsmanöver statt, blitzschnell wurden die Passagiere sowie die 110-köpfige Mannschaft mit

Rettungsgürteln ausgestattet und in Windeseile in die fertig gemachten Rettungsboote gesetzt. Einen Tag später gab es dann aus Schulungsgründen einen Feueralarm, bei dem wieder sämtliche Passagiere und Besatzungsmitglieder eingebunden beziehungsweise im Einsatz waren.

Als das Dampfschiff schließlich den Äquator passierte, stand für die Passagiere die »Äquatortaufe« auf dem Programm. Dieser Brauch wurde von den alten portugiesischen Seefahrern und Entdeckern übernommen, die einst beim Überschreiten des gefürchteten Äquators ihren Mut und ihre Gläubigkeit durch eine neue Taufe bekräftigten (von der Kugelgestalt der Erde waren sie damals noch nicht vollends überzeugt gewesen – viele der Seefahrer hatten die Befürchtung, am Äquator in einen Abgrund zu stürzen).

Alle Passagiere und Besatzungsmitglieder, die zum ersten Mal auf hoher See den Äquator überquerten, erhielten von einem Besatzungsmitglied, das sich als Neptun verkleidet hatte, zunächst einen see- oder wetterbezogenen Scherznamen. Im Anschluss daran wurden sie mit Rasierschaum, Fischöl und anderem übelriechenden Zeug eingeseift. Abschließend wurde der »Täufling« dann wieder von Mitgliedern der Mannschaft gesäubert.

Auch der junge Aussiedler ließ diese in seinen Augen eher ekelige Prozedur über sich ergehen, wobei er den Gestank, der mit der Zeit immer tiefer in seine Nase eindrang, vergeblich mit einem großen Becher Rum zu bekämpfen versuchte. Als er schließlich wieder frisch gebadet und etwas angetrunken an der von ihm geliebten Reling des Dampfschiffes stand und hinauf aufs Meer blickte, war er einerseits erheitert, andererseits allerdings auch sichtlich froh darüber, dass er diesen unappetitlichen Brauch nun für immer hinter sich gebracht hatte. Kräftig atmete er die frische Meeresluft ein; der widerwärtige Geruch, den die Äquatortaufe zwangsläufig mit sich gebracht hatte, saß noch immer fest in seinen Nasenflügeln.

Kurz nahm der junge Mann seinen Hut vom Kopf, strich sich mit den Fingern durch die Haare, setzte den Hut wieder auf und dachte zurück an die hinter ihm liegende Stunde. Schmunzelnd warf er noch einmal einen Blick auf den ihm nach der Taufe ausgehändigten, etwas nass gewordenen Taufschein. Getauft hatte man ihn spaßeshalber auf den Namen »Hai«, in dicken, schwarzen Buchstaben stand auf dem Papier geschrieben:

*Ich, Neptun, Herrscher über alle Meere, Seen und Flüsse,*
*Teiche und Tümpel, beurkunde hiermit, dass derjenige,*
*der diesen Taufschein in den Händen hält, an Bord des mir*
*wohlbekannten Dampfschiffes »Admiral« am heutigen Tage*
*vom Schmutz der Nördlichen Halbkugel gereinigt und nach*
*äquatorialem Ritus auf den Namen »Hai« getauft worden ist,*
*also daß derselbige gesalbet und wohl vorbereitet sei,*
*mein Gewässer südlich des Äquators zu befahren.*
*Äquator, anno 1894,*
*NEPTUN*

Obwohl die Taufe auf den Namen »Hai«, den größten aller »Killerfische«, im Rahmen dieses Seefahrerrituals natürlich nur einen Scherz darstellen sollte, genauso wie zum Beispiel die anderen Taufnamen »Hering«, »Thunfisch« und »Molch«, fand der junge Aussiedler doch Gefallen daran. Vor allem die Lebensgewohnheiten und Merkmale eines Hais hatten für ihn, wenn er eine Parallele zu seinem eigenen Leben zog, etwas Symbolisches und gaben ihm ungewohnt neue Kraft und Zuversicht, wenn er an das dachte, was ihn in der unbekannten neuen Welt wohl alles erwarten würde. Ähnlich wie dieser Raubfisch auf der Suche nach Futter unermüdlich durch die Tiefen des Meeres tauchte, würde auch er unermüdlich durch die Landstriche Deutsch-Südwestafrikas streifen und allen Strapazen und Widrigkeiten trotzen. Und irgendwann einmal, dessen war er sich absolut sicher, würde auch ihm das große Glück in der Fremde über den Weg laufen, ihm irgendwann einmal - wo auch immer - begegnen.

»Und dann«, war er wild entschlossen, »werde ich mich - wie der Hai in seine Beute - blitzschnell und gnadenlos darin verbeißen! Es mit beiden Händen packen und es für immer festhalten!«

Mit einem inneren Gefühl des Triumphes faltete der junge Mann seinen Taufschein wieder zusammen und steckte ihn zurück in seine Westentasche. Dann wandte er sich von der Reling ab und ging geradewegs unter Deck, um seine neu gewonnene Zuversicht mit einem weiteren Becher Rum zu verstärken und am Leben zu erhalten.

In den nächsten Tagen wurde die Fahrt für Passagiere und Mannschaft schließlich nicht mehr ganz so angenehm wie in den Wochen zuvor: Das Wetter schlug auf einmal um und vom strahlenden Sonnenschein und hellblauen Himmel war an Bord der »Admiral« nicht mehr viel zu sehen. Neben aufkommender Kälte, Regen und Sturm kam hinzu, dass auch die See immer unruhiger wurde und zunehmend Wellen über Bord schlugen, da sich das Dampfschiff von nun an immer in unmittelbarer Nähe der Küste seinen Weg durch den Atlantischen Ozean bahnte. Außer Walen und Schweinsfischen sahen die Menschen an Bord längere Zeit keine anderen Lebewesen, die Sicht war so schlecht, dass die nahe Küste von ihnen mit dem bloßen Auge nicht erblickt werden konnte. Kurz vor Swakopmund, dem zentralen Einwandererhafen Deutsch-Südwestafrikas, flogen schließlich auch die ersten Seemöwen über das Schiff hinweg.

Eines Morgens erreichte dann die »Admiral«, zur Freude und Erleichterung aller Reisenden, endlich Swakopmund und ging ungefähr drei Kilometer davor zum Ausbooten vor Anker. Die See war immer noch stürmisch und unruhig, immer wieder wurden die Landungsbrücken von der starken Brandung in Trümmer geschlagen. Um den Transport von Passagieren und Fracht zu ermöglichen, kamen verschieden große »Leichter« zum Einsatz, klotzige Kähne, die unter größten Mühen bis zu fünf Meter an das Dampfschiff herangerudert wurden. Nach und nach stiegen jeweils zehn bis zwölf Schiffsinsassen in einen großen Korb, der an einem sich über den Kahn neigenden Mast befestigt war. Mit Hilfe einer Winde wurde der Korb schwebend nach unten befördert, bis die Menschen in den »Leichter« klettern konnten, mit dem sie anschließend an Land ruderten. Ähnliches geschah danach mit dem Gepäck und dem Material, das sonst noch so ausgeladen werden musste.

Als auch der junge Aussiedler mit dem großen Hut den »Leichter« verließ, um sich an Land zu begeben, schlug ihm sein Herz bis zum Hals. Aufgeregt stapfte er mit seinen dunklen Lederschuhen durch die flache Brandung, in seiner Erregung registrierte er nicht einmal, dass er inzwischen klatschnasse Füße bekommen hatte. Endlich an Land angekommen, warf er sich sogleich bäuchlings, alle Viere von sich gestreckt, in den Sand und begann, das Gesicht tief hineingesteckt, augenblicklich zu weinen. Zitternd und schluchzend musste er an die vergangenen Monate zurückdenken, an die quälenden Gedanken, die er sich bezüglich dieser Reise immer wieder gemacht hatte und die ihn bis heute nächtelang nicht einschlafen ließen. Erstmals musste er auch an jene Menschen denken, die ihm in seiner alten Heimat etwas bedeutet und die er, Tausende von Meilen entfernt, nun zu Hause allein zurückgelassen hatte. Bei diesem Gedanken verstärkte sich die Erregung in ihm noch einmal dermaßen, dass sein ganzer Körper zu beben begann und er kurz das Gefühl hatte, aus lauter Atemnot in dem Küstensand zu ersticken.

Als er sich allmählich wieder beruhigt hatte, erhob er sich langsam, wischte sich den Sand von seiner Kleidung, trocknete die Tränen an seinem Hemdsärmel ab und atmete mehrmals tief durch die Nase ein und aus. Als er seine innere Ausgeglichenheit annähernd wiedererlangt hatte, gesellte er sich zu einer kleinen Gruppe von Menschen, die am Ufer gerade auf den nächsten Kahn warteten in der Hoffnung, von dort ihr Gepäck in Empfang nehmen zu dürfen.

Gedankenverloren schaute der junge Aussiedler noch einmal auf das weit vor der Küste vor Anker liegende Dampfschiff. Dann drehte er sich um und warf erstmals einen Blick auf das Landesinnere von Deutsch-Südwestafrika. Entschlossen blickte er in die Ferne und begutachtete zunächst die kahlen, felsigen Küstenlandstriche. Die lange, gegen Ende doch sehr strapaziöse und ermüdende Schiffsreise hatte er soeben erfolgreich hinter sich gelassen. Jetzt galt es, hier in Deutsch-Südwestafrika, am Ort seiner Träume, zu bestehen, sein Glück zu suchen und sich durchzukämpfen.

Unbewusst ballten sich seine Hände in den Hosentaschen zu Fäusten. Soeben hatte für ihn ein weiteres Abenteuer begonnen ...

*Pferdestraßenbahn um 1900*

# III

Als die drei Polizisten erschöpft und nassgeregnet das Anwesen des ermordeten Friedrich Horstmann erreichten, war es bereits spät am Nachmittag.

Der riesige Bauernhof bestand insgesamt aus vier Gebäuden: dem Wohnhaus, der Scheune und den zwei Ställen für die Kühe und Pferde. Das Wohnhaus war ein großes, stattliches, reetgedecktes Gebäude, dessen tragendes Gerüst aus massiven Holzbalken und rotem Ziegelwerk bestand. Direkt dahinter befanden sich dann die Scheune, die beiden Ställe sowie riesige Wiesen- und Weideflächen für die Pferde und das Vieh.

Otto von Weyhe und seine beiden Kollegen stellten nach ihrer Ankunft schnell ihre Fahrräder ab und gingen, noch immer leicht außer Atem von der beschwerlichen Hinfahrt, zielstrebig um das Wohnhaus herum zu dem geöffneten Fenster des Herrenzimmers. Umgehend kletterten sie – den Anfang machte Landjäger Ahrens, dicht gefolgt von Kommissär von Weyhe und Wachtmeister Hansen – von außen durch das Fenster und betraten so das Innere des Raumes.

Der Anblick, der sich von Weyhe und Hansen bot, ließ ihnen für einen kurzen Moment das Blut in den Adern gefrieren. Hansen konnte nur mit Mühe einen Brechreiz unterdrücken und auch der altgediente von Weyhe, der in seinem bisherigen Berufsleben schon viel Mord und Totschlag gesehen und erlebt hatte, musste ein paar Mal kräftig schlucken.

Friedrich Horstmann, der Besitzer des Bauernhofes, saß, wie es Landjäger Ahrens im Büro des Kommissärs bereits beschrieben hatte, mit weit aufgerissenen Augen, blutüberströmt und von einer Lanze durchbohrt in einer Ecke des Raumes. Der Schrecken, der ihm in den letzten Sekunden seines Lebens widerfahren war, spiegelte sich deutlich in seinem entsetzten Gesicht wider. Vor dem Toten lag, ebenfalls mit Blut überspritzt, ein kleiner, schwarzer Revolver.

Nachdem sich der Kommissär und sein Assistent von dem ersten Schrecken erholt hatten, zogen sich die Polizisten die Schuhe aus und näherten sich langsam der Leiche. Zerfetzte Bücher, Papiere, Glasscherben sowie zersplittertes Holz lagen überall auf dem Fußboden herum und die drei Männer mussten höllisch aufpassen, dass sie nicht in eine Glasscherbe treten und dadurch versehentlich irgendwelche Spuren vernichten.

Otto von Weyhe nahm zunächst vorsichtig den Revolver des Toten in die Hand und begutachtete ihn.

»Geladen!«, wandte er sich kurz an Hansen und Ahrens, nachdem er schnell die Revolvertrommel überprüft hatte. »Älteres Modell. Gehörte wahrscheinlich Friedrich Horstmann. Ansonsten hätte ihn der Mörder bestimmt nicht hier zurückgelassen.«

Hansen und Ahrens nickten stumm.

Danach musterte der Kommissär eingehend die Tatwaffe. Dabei schaute er sich vor allem den vorderen Teil an, der nach seinem Eintritt in den Brustkorb schließlich aus dem Rücken des toten Bauern wieder herausgetreten war.

»Eine Lanze«, wandte sich der Kommissär wieder an seine beiden Kollegen. »Wahrscheinlich afrikanisch. Der Mörder hat sie allem Anschein nach wohl von der Wand genommen und Friedrich Horstmann danach durch die Brust gestoßen. Der zu der Lanze passende Schild hängt noch an der Wand, man kann darüber noch die weit herausstehenden Nägel erkennen, auf welchen sich die Lanze befunden haben muss. Wenn ich mir die Eisenspitze der Lanze genauer anschaue, handelt es sich hierbei vermutlich um eine Hererowaffe.«

Ahrens und Hansen, die den Ausführungen des Kriminalpolizeikommissärs bis dahin aufmerksam und interessiert zugehört hatten, guckten Otto von Weyhe bei seinen letzten Worten sichtlich erstaunt und fragend an. Es war ganz offensichtlich, dass beide mit dem Begriff »Herero« so gut wie überhaupt nichts anfangen konnten.

Seufzend unterbrach der Kommissär die Untersuchung der Leiche, um seine jungen Kollegen aufzuklären:

»Die Herero sind ein afrikanisches Hirtenvolk, das in unserer Kolonie Deutsch-Südwestafrika beheimatet ist. Sie sind sehr bewandert in der Kunst der Eisenverarbeitung, von daher habe ich beim Anblick der kunstvoll geformten Lanzenspitze gleich auf sie getippt. Schild und Lanze dienen ihnen vor allem zur Verteidigung gegen wilde Tiere, die ihren

Viehbestand bedrohen. Da unser Toter lange Zeit in Deutsch-Südwestafrika als Farmer lebte, liegt der Verdacht nahe, dass die Tatwaffe und der dazugehörige Schild aus dem fernen Afrika stammen. Wahrscheinlich brachte Friedrich Horstmann sie, wie auch die anderen Sachen in diesem Raum, von dorther mit nach Bremen.«

Ahrens und Hansen nickten diesmal zustimmend. Die Schlussfolgerungen des Kommissärs erschienen beiden sehr einleuchtend.

»Ich würde vorschlagen«, wandte sich von Weyhe erneut an seine Kollegen, »dass Sie sich, Hansen, zusammen mit Ihnen, Ahrens, einmal außerhalb des Herrenzimmers auf Spurensuche begeben. Schauen Sie mal, ob Sie trotz des starken Regens draußen irgendetwas Auffälliges entdecken können. Fußabdrücke, Blutspuren, abgeknickte Zweige oder dergleichen. Schauen Sie sich doch bitte auch in den anderen Gebäuden des Wohnhauses um. Ich werde hier inzwischen weiter die Leiche und das Herrenzimmer unter die Lupe nehmen.«

Landjäger Ahrens und Wachtmeister Hansen taten widerwillig, wie ihnen aufgetragen wurde, und kletterten zähneknirschend wieder durch das Fenster ins Freie, um zunächst vor dem Zimmer des Toten nach Fußspuren zu suchen.

Heinrich Hansen fluchte leise vor sich hin, als er sich hinkniete und vorsichtig den nassen Boden vor sich absuchte. Gern hätte er sich der weiteren Inspektion des Herrenzimmers angeschlossen, stattdessen musste er nun im strömenden Regen mal wieder die Drecksarbeit für seinen Chef erledigen.

»Irgendwann«, dachte er nur knurrend, »eines Tages werde auch ich einmal zum Kriminalpolizeikommissär befördert werden! Dann werde ich mich nicht mehr mit solchen undankbaren Arbeiten herumärgern müssen!«

Während der knurrende und fluchende Hansen zusammen mit Landjäger Ahrens weiter den Außenbereich des Wohnhauses nach Spuren absuchte, schaute sich Kommissär von Weyhe im Innern des Zimmers erneut genauer die Leiche an.

Intensiv musterte er die Gesichtsverletzungen von Friedrich Horstmann, die ihm, zu dem Entschluss kam Otto von Weyhe schließlich nach längerer Betrachtung, allem Anschein nach ausschließlich mit einer Faust zugefügt wurden.

Im Anschluss daran inspizierte er eingehend die Fingernägel des Toten. Finger für Finger schaute er sich intensiv unter seiner Lupe an, Hautfetzen des nächtlichen Angreifers konnte er darunter allerdings nicht entdecken.

Nach der Untersuchung der Leiche begann Otto von Weyhe damit, sich das Herrenzimmer von Friedrich Horstmann etwas genauer anzuschauen. Wie von Horst Ahrens bereits beschrieben, war der Raum in der Tat sehr stattlich, elegant und stilvoll eingerichtet. Lederne Sessel, prunkvolle Couchtische, Bücherregale, ein massiver Eichenschreibtisch und eine große Bar gehörten zum Inventar des Zimmers. Hinter dem Schreibtisch hing eine riesige, schwarz-weiß-rote Flagge an der Wand, in deren Mitte sich ein schwarzer Reichsadler befand. Die übrigen Wände des Raumes waren verziert mit Schilden, Speeren, Rinderfellen und Antilopenköpfen.

»Allein das Mobiliar«, dachte von Weyhe nur gedankenverloren, als er seinen Blick im Zimmer umherschweifen ließ, »muss Friedrich Horstmann ein kleines Vermögen gekostet haben.«

Als Erstes musterte der Kommissär kurz die Bar

des Toten, in der sich ein paar Gläser sowie verschiedene Rum- und Whiskysorten befanden. Danach schaute er sich mit seiner Lupe eingehend die Glasscherben auf dem Boden an, die sich vor einem umgestürzten Couchtisch sowie zwei ledernen Sesseln befanden, und verglich sie mit den Gläsern und Flaschen der Bar. Von Weyhe nickte nachdenklich vor sich hin. Allem Anschein nach hatte Friedrich Horstmann in der Mordnacht zusammen mit einem Besucher Rum getrunken. Zwei Gläser und eine braune Rumflasche hatten wohl ursprünglich auf dem Couchtisch gestanden, die hellen Glasscherben waren mit den Gläsern der Bar identisch und auch die braunen Scherben, die sich auf dem Fußboden befanden, passten zu den Flaschen einer Rumsorte, die vielfach in der Bar vorhanden war. Otto von Weyhe kniete sich nieder, um auch den riesigen nassen Fleck, der sich inmitten der Scherben befand, noch einmal etwas genauer zu betrachten. Er beugte sich zunächst mit seiner Nase darüber und roch kurz daran, um im nächsten Moment allerdings schnell wieder den Kopf zurückzuziehen und sich augenblicklich wieder zu erheben. Ein starker, nach Bittermandel riechender Rumgeruch, den der Kommissär als sehr unangenehm empfand, war ihm soeben in die Nase gestiegen.

»Teufel noch mal«, dachte er nur kopfschüttelnd, während er auf den riesigen Schreibtisch aus Eichenholz zuging, »was einige Leute doch freiwillig so alles in sich hineinkippen ...«

Beim Eichenschreibtisch angekommen, schaute er sich zunächst die dort vorhandenen Bruchstellen an. Alle Schubladen waren mit Gewalt herausgerissen worden und lagen, teilweise völlig zersplittert und quer im ganzen Raum verteilt, auf dem Fußboden herum. Auch zahlreiche Papiere und Bücher befanden sich dort. Otto von Weyhe musterte eingehend das Chaos auf dem Fußboden. Während die Bücher offenbar nur aus den Regalen gerissen und durchgeblättert worden waren, stammten die losen Papiere und Blätter wohl allesamt aus dem Innern des Schreibtisches. Es war nicht schwer zu erkennen, dass der Mörder hier nach seiner Tat etwas Wichtiges gesucht haben musste.

Bei den Papieren, die der Kommissär sich einzeln vornahm, handelte es sich vorwiegend um wichtige Dokumente von Friedrich Horstmann, wie zum Beispiel seine Geburtsurkunde, diverse Pachtverträge oder den Kaufvertrag über den erworbenen Bauernhof.

Aber auch ein geöffneter Brief lag auf dem Fußboden herum, der von zahlreichen anderen Blättern und Papieren bedeckt gewesen war und vermutlich ursprünglich direkt auf dem Schreibtisch des Toten gelegen hatte. Dieser Brief erregte sogleich die volle Aufmerksamkeit des Kriminalpolizeikommissärs. Er war direkt an Friedrich Horstmann adressiert, hatte keinen Absender und war, das konnte von Weyhe mit Hilfe seiner Lupe sowie anhand des Poststempels erkennen, vor wenigen Tagen in Bremerhaven abgeschickt worden.

Neugierig griff Otto von Weyhe in den Briefumschlag und zog vorsichtig ein zusammengefaltetes graues Blatt hervor. Er faltete es auseinander und begann umgehend und aufgeregt zu lesen. Schnell machte sich allerdings die Enttäuschung auf seinem Gesicht breit. In großen, handgeschriebenen Druckbuchstaben stand auf dem Blatt, ohne jeglichen Adressaten, lediglich geschrieben:

KOMME SIE AM DIENSTAGABEND BESUCHEN.

Von Weyhe ließ seufzend das Papier in seiner Hand sinken. Etwas mehr hätte er schon noch gern erfahren. Natürlich war dieser Brief von Horstmanns Mörder, dessen war er sich völlig sicher. Er hatte seinen Besuch angekündigt und sich mit Friedrich Horstmann gestern, am Dienstagabend, in dessen Herrenzimmer getroffen. Allem Anschein nach hatten sie sich gekannt. Das erklärten nicht zuletzt auch die Rumflasche und die zwei Gläser, die sich ursprünglich auf dem Couchtisch befunden hatten.

»Na ja«, dachte der Kommissär nur bei einem erneuten Blick auf das Blatt Papier in seiner Hand, »wäre des Glücks vielleicht auch ein bisschen zu viel gewesen, wenn der Mörder gleich noch seinen Namen und seine Adresse bekannt gegeben und dann seinen Brief für alle sichtbar am Tatort zurückgelassen hätte.«

Abschließend untersuchte von Weyhe die Tür und das geöffnete Fenster des Herrenzimmers. Die Tür war verschlossen, ein Schlüssel steckte weder von innen noch von außen, dies konnte der Kommissär beim Blick durch das Schlüsselloch erkennen. Auf der anderen Seite schien sich offensichtlich die Diele des Wohnhauses zu befinden. Da er den ganzen Raum bereits sorgfältig untersucht und nirgendwo einen Schlüssel gefunden hatte, ging Otto von Weyhe zurück zur Leiche und durchsuchte Friedrich Horstmanns Taschen. In der braunen, hochgeschlossenen, mit Blutspritzern übersäten Baumwollweste des Toten wurde er schließlich fündig. Vorsichtig zog er einen kleinen Schlüssel aus der Westentasche, wischte ihn kurz mit einem Stofftaschentuch sauber, ging damit zur Tür, steckte den Schlüssel ins Schloss und drehte ihn herum. Dann drückte er die Klinke herunter und öffnete die Tür. Und tatsächlich befand sich hinter dem Herrenzimmer die geräumige Diele des Wohnhauses, welche die Mitte des Hauses bildete und sich weit bis zu einer hölzernen Treppe erstreckte, durch welche man anscheinend das Obergeschoss des Wohnhauses erreichen konnte.

Otto von Weyhe schloss die Tür wieder und ging zum geöffneten Fenster des Raumes. Er nahm seine Lupe in die Hand und musterte es eingehend. Gewalteinwirkungen konnte er zunächst keine entdecken. Friedrich Horstmann selbst musste es von innen geöffnet haben, um seinem nächtlichen Besucher den Eintritt in sein Herrenzimmer zu gewähren.

»Er muss ihn mit absoluter Sicherheit gekannt haben und wollte wohl nicht, dass es irgendjemand im Hause mitbekommt«, schoss es dem Kommissär kurz durch den Kopf, »sonst hätte er ihn auch durch die Eingangstür des Wohnhauses hereinlassen können.«

Gedankenverloren untersuchte er mit seiner Lupe weiter das Fenster. Fragen über Fragen türmten sich in seinem Kopf auf. Hatte Friedrich Horstmann vielleicht sogar geplant, seinen Besucher umzubringen? Wie sonst ließen sich der geladene Revolver und die von innen verschlossene Tür erklären? Wollte er eine Flucht seines Gegenübers verhindern und hatte deswegen die Tür verschlossen? Kommissär von Weyhe wusste es nicht. Jedenfalls noch nicht.

Als er sich mit seiner Lupe schließlich dem unteren Teil des Fensterrahmens näherte, entdeckte er auf einmal etwas. Er hielt kurz inne und schaute genauer hin. An einem leicht hervorstehenden Nagel im Fensterrahmen konnte er, durch seine Lupe hindurch, kleine schwarze Stoffreste entdecken. Bei näherer Betrachtung war sich der Kommissär dann absolut sicher, dass es sich um schwarze Baumwollfasern handeln musste. Offensichtlich war jemand beim Betreten des Raumes durch das Fenster an dem Nagel hängen geblieben und hatte einen Teil seiner Kleidung dadurch beschädigt.

Otto von Weyhe überlegte kurz. Der tote Hofbesitzer konnte es nicht sein, bei der Untersuchung der Leiche waren keinerlei Beschädigungen an der Kleidung festzustellen gewesen. Zudem hatte Friedrich Horstmann bei seinem Tod eine braune Weste getragen. Nicht zuletzt hatte er auch einen Schlüssel zu dem Zimmer besessen, es war also mehr als unwahrscheinlich, dass er überhaupt jemals durch das Fenster seines Herrenzimmers geklettert war, um den Raum zu verlassen geschweige denn zu betreten. Da die Stoffreste auch nicht zu den Uniformen der drei anwesenden Polizisten passten, kam die Kleidung von Landjäger Ahrens, Wachtmeister Hansen und dem Kommissär selbst diesbezüglich auch nicht in Frage.

Otto von Weyhe frohlockte. Allem Anschein nach hatte er soeben einen weiteren Hinweis auf den Mörder entdeckt.

Nachdem Heinrich Hansen und Horst Ahrens ebenfalls ihre Inspektion beendet hatten, versammelten sich die drei Polizisten zusammen mit der Magd Alma Schmidt und dem Knecht Wilhelm Stenzel in der Wohnstube des Toten, die sich ebenfalls im Erdgeschoss des Bauernhofs befand. Ahrens und Hansen saßen, völlig durchnässt und durchgefroren, auf einem dunklen Ledersofa und versuchten mühsam, sich ein wenig an dem großen Stubenofen aufzuwärmen. Beide Polizisten waren vergrellt, denn trotz aller

Bemühungen hatten sie im Außenbereich des Herrenzimmers absolut nichts Auffälliges entdecken können. Der starke Regen hatte sein Übriges dazu beigetragen, dass ihre Suche nach verdächtigen Fußspuren oder dergleichen komplett erfolglos geblieben war. Auch in den restlichen Räumen des Wohnhauses hatten sie nichts Erwähnenswertes finden können, lediglich im Schlafzimmer des Toten hatten sie, unter drei losen Dielenbrettern im Fußboden versteckt, einen kleinen Jutebeutel mit mehreren hundert Mark entdeckt.

»Die Münzen«, mutmaßte Wachtmeister Hansen, »waren wohl vom Hofbesitzer in seinem Schlafzimmer aufbewahrt worden, um jederzeit über Geld verfügen zu können. So brauchte er, wenn er mal etwas bezahlen musste, sich nicht immer auf den langen Weg zu einer Bank in die Bremer Innenstadt zu begeben.«

Kommissär von Weyhe, der es sich in einem Ohrensessel bequem gemacht hatte, nickte Heinrich Hansen zustimmend zu. Die Schlussfolgerung seines Assistenten klang für ihn einleuchtend.

Während der Knecht Wilhelm Stenzel ein weiteres Holzscheit in den Ofen legte, nippte Otto von Weyhe kurz an einem Glas Magermilch, welche ihm die Magd Alma Schmidt gereicht hatte, und begann seinerseits von den Entdeckungen zu berichten, die er im Herrenzimmer gemacht hatte. Magd, Knecht, Wachtmeister und Landjäger hörten ihm aufmerksam zu.

Er berichtete vor allem von den zerbrochenen Gläsern und der zerbrochenen Rumflasche, dem aufgebrochenen Schreibtisch, dem anonymen Brief aus Bremerhaven und von den schwarzen Baumwollfasern, welche er an einem Nagel im Fensterrahmen entdeckt hatte.

Als er seinen Bericht beendet hatte, sahen ihn vier Augenpaare zunächst fragend an.

»Ah ja«, ergriff Wachtmeister Hansen nach einer kurzen Pause schließlich als Erster das Wort, »dann scheint ja alles klar zu sein. Der Mörder hatte sich also per Brief mit Friedrich Horstmann für Dienstagabend verabredet und war durch das Fenster ins Herrenzimmer gelangt. Beide tranken ein Glas Rum zusammen, es kam zum Streit und Friedrich Horstmann wurde im Kampf getötet. Danach durchwühlte der Mörder das Zimmer und floh.«

Otto von Weyhe begann zu schmunzeln.

»Ganz so einfach ist es dann ja vielleicht doch nicht gewesen, zu viele Details sind noch ungeklärt«, bremste er augenblicklich seinen jungen Kollegen, wohl wissend, dass es in diesem Mordfall einfach noch zu viele Ungereimtheiten gab, als das wirklich alles so »klar« gewesen wäre, wie es für Wachtmeister Hansen im ersten Moment zu sein schien.

So zum Beispiel konnte sich der Kommissär absolut nicht erklären, warum der Mörder seinen verräterischen Brief, der sein Kommen ankündigte, nicht einfach mitgenommen oder vernichtet hatte. Dass er ihn beim Durchwühlen des Zimmers nicht entdeckt hatte, erschien Otto von Weyhe doch mehr als unwahrscheinlich.

Nachdem die Magd Alma Schmidt den drei Polizisten noch etwas Mischbrot sowie Butter und Schmalz gereicht hatte – Otto von Weyhe hatte danach verlangt, denn seine beiden Kollegen und er waren völlig ausgehungert –, begann auch sie noch einmal unter Tränen von den Ereignissen zu berichten, die sie in den letzten vierundzwanzig Stunden auf dem Hof erlebt und beobachtet hatte. Sie berichtete von dem nächtlichen Schrei Friedrich Horstmanns, der sie Dienstagnacht aus dem Schlaf gerissen hatte, von ihrer schrecklichen Entdeckung am nächsten Morgen und nicht zuletzt davon, dass sie – in ihren Holzschuhen – danach umgehend zu Landjäger Ahrens gerannt war, um ihm von dem furchtbaren Mord zu berichten.

»Herr Kriminalpolizeikommissär«, beendete die junge Magd schließlich ihren Bericht, »ich weiß, dass man Toten nichts Böses nachsagen sollte. Tatsache ist aber, dass ich seit Wochen wahnsinnige Angst vor Friedrich Horstmann hatte, vor seiner Unberechenbarkeit, seinen Tobsuchtsanfällen und seinen immer aggressiver werdenden Annäherungsversuchen mir gegenüber. Tagsüber habe ich nur noch versucht, ihm so oft wie möglich aus dem Weg zu gehen, und des Nachts, wenn er zumeist betrunken war, habe ich mich stets in meiner Kammer eingeschlossen, um nicht von ihm heimgesucht zu werden. Ich kann nicht verhehlen, dass ich, obwohl ich zukünftig wahrscheinlich erst einmal ohne Arbeit und Einkommen sein werde, auch ein wenig froh bin, dass dieser Unmensch nicht mehr unter uns weilt!«

Kriminalwachtmeister Hansen und Landjäger Ahrens schauten Alma Schmidt bei ihren letzten Worten sichtlich überrascht an. Nur Kriminalpolizeikommissär von Weyhe saß regungslos in seinem Ohrensessel und schien angestrengt über etwas nachzudenken. Selbst durch das matte Licht der Petroleumlampe hindurch konnten seine beiden Kollegen erkennen, dass er seine Stirn in tiefe Falten gelegt hatte.

Nach einem kurzen Moment des Nachdenkens bedankte er sich schließlich aber lediglich bei Alma Schmidt für ihre Berichterstattung und richtete sein Wort sogleich an Wilhelm Stenzel, den Knecht des Bauernhofes. Dieser sollte ihm berichten, wie sein

Verhältnis zum Toten war beziehungsweise ob er in der besagten Mordnacht etwas Auffälliges gesehen, gehört oder erlebt hatte.

»Herr Kriminalpolizeikommissär«, begann Stenzel sich umgehend zu äußern, »ich möchte zunächst einmal betonen, dass auch ich, genau wie Alma, sehr froh darüber bin, dass dieses Scheusal nicht mehr unter uns weilt! Friedrich Horstmann war, wenn Sie mich fragen, der Leibhaftige in Menschengestalt!«

Von Weyhe nickte dem Knecht aufmunternd zu. »Fahren Sie fort, Stenzel.«

»Wie Sie von Alma ja schon gehört hatten, Herr Kriminalpolizeikommissär, war Friedrich Horstmann unglaublich brutal und rücksichtslos. Vor allem wenn er etwas getrunken hatte, was auch tagsüber immer häufiger vorkam, war es manchmal nur schwer mit ihm auszuhalten. Immer wieder griff er Alma in letzter Zeit unter den Rock oder versuchte, sie gewaltsam auf den Mund zu küssen.«

Alma Schmidt nickte bei diesen Worten leicht mit dem Kopf, dabei schaute sie zitternd, mit bleichem Gesicht und gesenktem Kopf, stumm auf ihre Schuhspitzen.

»Auch seine Tobsuchtsanfälle«, fuhr Wilhelm Stenzel mit seinem Bericht fort, »wurden in letzter Zeit immer häufiger. Unserem Schmied, Alfred Behrens, hatte er zum Beispiel nach einem Streit - es ging, glaube ich, um nicht bezahlte Hufeisen für unsere Pferde - den rechten Arm gebrochen, so dass dieser einige Zeit nicht mehr in seiner Schmiede arbeiten konnte. Auch wir Knechte, Johann Schütte und ich, gerieten immer mehr mit ihm aneinander. Vor ein paar Wochen schließlich prügelte sich auf einmal unser zweiter Knecht Johann mit Friedrich Horstmann, als dieser, völlig angetrunken, eines Abends in den

Pferdestall torkelte, um auf einem neugeborenen Fohlen zu reiten. Als die Fohlenmutter, die sich ebenfalls noch in der gleichen Stallbox wie ihr Kleines befand, ihn daran hindern wollte, schlug dieser brutal mit einem Schürhaken, welchen er aus seiner Wohnstube mitgebracht hatte, dermaßen auf die Stute ein, dass diese daran qualvoll verendete.«

Otto von Weyhe, Heinrich Hansen, Horst Ahrens und Alma Schmidt schüttelten fassungslos den Kopf und verzogen angewidert ihre Gesichter.

»Wie kann ein Mensch nur so brutal und grausam sein?!«, schoss es Kriminalwachtmeister Hansen durch den Kopf. »Seine Aggressionen sinnlos an hilflosen Lebewesen auszulassen ...«

»Johann Schütte«, erzählte Wilhelm Stenzel weiter, »hörte damals die gequälten Schreie des armen Tieres und machte sich natürlich unverzüglich auf den Weg zum Pferdestall, um dort nach dem Rechten zu sehen. Obwohl er in der Vergangenheit immer einen großen Respekt vor Friedrich Horstmann und dessen Brutalität gehabt hatte, stürzte er sich, nach eigenen Angaben, beim furchtbaren Anblick, welcher sich ihm in der Stallbox bot, umgehend auf unseren verhassten Arbeitgeber, um ihn noch irgendwie an der scheußlichen Tat zu hindern. Was dann geschah, wusste Johann im Nachhinein auch nicht mehr so genau.

Er konnte sich noch daran erinnern, dass es zum Kampf gekommen war, Friedrich Horstmann ihn mit dem Schürhaken wohl am Kopf getroffen hatte und es danach dunkel um ihn herum geworden war. Als er dann wieder zu sich gekommen war, lag er, mit einer riesigen Beule und ungeheuren Kopfschmerzen, auf dem Boden der Stallbox. Neben ihm lagen die tote Stute und das völlig verängstigte Fohlen.«

Wilhelm Stenzel hielt kurz inne. Horst Ahrens und Alma Schmidt verzogen erneut angewidert ihre Gesichter. Und Heinrich Hansen dachte nur: »Welch ein Glück für den Knecht, dass Horstmann ihn nicht auch noch totgeschlagen hat!«

Otto von Weyhe ermunterte den Knecht mit einem kurzen Nicken dazu, mit seinem Bericht fortzufahren.

»Johann machte sich nach diesem Vorfall sofort aus dem Staub. Unter so einem Menschen wollte er einfach nicht mehr weiterarbeiten. Er hat unheimliches Glück gehabt und konnte bei einem Bauern, hier ganz in der Nähe, neu als Knecht anfangen. Der Bauer heißt Georg Büchner und besitzt ebenfalls einen Hof hier in Osterholz. Ich habe Johann jetzt schon seit einiger Zeit nicht mehr gesehen, es gefällt ihm dort aber, wie ich gehört habe, wohl sehr gut – obwohl er dort anscheinend nur eine Mark siebzig Tagelohn bekommt. Hier bei uns waren es immerhin ganze zwei Mark.«

Wilhelm Stenzel machte erneut eine kurze Pause und nahm aus einem Glas einen großen Schluck Magermilch. Das lange, ungewohnte Sprechen hatte seinen Mund trocken werden lassen.

»Seit Johann uns verlassen hat«, begann er im Anschluss daran fortzufahren, »wussten Alma und ich nicht mehr, wie wir die ganze Arbeit alleine bewältigen sollten. Auch Friedrich Horstmann stellte absolut keine Hilfe mehr dar, er kümmerte sich nicht um die Einstellung eines zweiten Knechtes und ging mehr seiner Trinksucht nach, als dass er hier auf dem Hof in einster Weise mithalf. Herr Kriminalpolizeikommissär, Sie müssen wissen, dass die Arbeit auf unserem Hof normalerweise so geregelt ist, dass wir Gesinde um fünf Uhr aufstehen und uns zunächst um die Pferde und das Vieh kümmern. Johann hat in der

Regel zuerst immer die Pferde geputzt und gefüttert, während ich mich zunächst um die Kühe gekümmert habe. Das Melken der Kühe hat stets Alma besorgt. Das Viehfüttern, Melken und Milchverarbeiten muss zum Beispiel dreimal täglich erfolgen, sowohl morgens als auch mittags und abends. Bis drei Wochen nach dem Kalben müsste jede Kuh täglich sogar viermal gemolken werden. Herr Kriminalpolizeikommissär, Herr Kriminalwachtmeister, Herr Landjäger, ich denke, Sie können vielleicht erahnen, in welchem desolaten Zustand sich die Stallungen des Hofes sowie Pferde und Kühe inzwischen befinden. Für mich und Alma war die ganze Arbeit allein einfach nicht mehr zu schaffen!«

Von Weyhe, Hansen und Ahrens nickten Wilhelm Stenzel verständnisvoll zu.

»Die Tiere sind teilweise völlig verwahrlost oder letztlich verendet, da Alma und ich uns längst nicht mehr um alle richtig kümmern konnten. Vor zwei Wochen ließ Friedrich Horstmann dann wenigstens mal den Schlachter kommen, um einigen Tieren weiteres Leid zu ersparen. Seitdem ist Alma auf dem Hof vor allem mit dem Wursten beschäftigt, während ich, so gut es ging, mich weiter um die Pferde und das Vieh gekümmert habe. Natürlich habe ich jetzt auch ein wenig Bedenken, wie es mit dem Hof, mir und Alma zukünftig weitergehen wird. Nicht jeder hat das Glück wie Johann, dass er gleich eine neue Anstellung findet. Letztlich aber, meine Herren, bin ich, je länger ich darüber nachdenke, doch sehr froh darüber, dass diese schreckliche Zeit jetzt endlich vorbei ist!«

Otto von Weyhe, Heinrich Hansen und Horst Ahrens blickten den Knecht erneut an. Alle drei konnten aufgrund seiner Erzählungen und der von Alma

Schmidt gut nachvollziehen, dass das Gesinde nicht allzu traurig darüber war, dass ihr Arbeitgeber nicht mehr unter ihnen weilte.

»Vielen Dank für Ihren ausführlichen Bericht«, wandte sich Otto von Weyhe an Wilhelm Stenzel, »Sie haben uns wirklich einen guten Einblick über Friedrich Horstmann und das Leben hier auf dem Hof verschafft. Ihr Bericht war sehr informativ. Eine Frage muss ich Ihnen allerdings noch stellen, nehmen Sie es mir bitte nicht übel: Wo waren Sie gestern Abend, als der Mord geschah?«

Wilhelm Stenzel blickte den Kommissär überrascht an.

»Gestern Abend war ich kurz in der Kneipe ›Zum Schevemoor‹, der einzigen hier in Osterholz. Ich habe dort zwei Bier getrunken. Das wird der Wirt dort bezeugen können. Danach bin ich direkt zurück zum Hof gegangen und habe mich sofort todmüde in meiner Kammer zu Bett begeben.«

Kommissär von Weyhe überlegte kurz.

»Kann das irgendjemand bezeugen? Sie vielleicht, Frau Schmidt? Haben Sie, Herr Stenzel, vielleicht auch den Schrei von Friedrich Horstmann gehört?«, hakte er anschließend weiter nach.

Wilhelm Stenzel und Alma Schmidt schüttelten daraufhin nur stumm ihre Köpfe. Weder konnte Alma Schmidt bezeugen, dass der Knecht zur Tatzeit wirklich im Bett gelegen hatte, noch hatte Wilhelm Stenzel offenbar den nächtlichen Schrei gehört.

»In Ordnung!«, gab sich der Kommissär schließlich mit dem kurzen Kopfschütteln des Gesindes zufrieden.

Müde schaute er sich kurz in der Wohnstube um. Heinrich Hansen und Horst Ahrens saßen erschöpft, und immer noch ein wenig durchnässt, auf dem

Ledersofa und hatten sichtlich Mühe, nicht jeden Moment einzuschlafen. Auch Alma Schmidt und Wilhelm Stenzel waren die Müdigkeit, Aufregungen und Strapazen des Tages deutlich anzusehen.

Trotz aller Erschöpfung, die die Beteiligten in der Wohnstube inzwischen ereilt hatte, fuhr der Kommissär allerdings mit seiner Befragung fort:

»Gab es außer Ihnen vielleicht noch irgendwelche Personen, die Friedrich Horstmann nicht wohl gesinnt waren oder mit denen er in der Vergangenheit Streit hatte? Hat er vielleicht des Öfteren auch mal abends Besuch bekommen?«

Wilhelm Stenzel und Alma Schmidt überlegten kurz.

»Wie schon erwähnt«, äußerte sich der Knecht als Erstes, »hatte er sich vor einiger Zeit heftig mit unserem Schmied, Alfred Behrens, gestritten und ihm den Arm gebrochen. Generell war Friedrich Horstmann aufgrund seiner Streit-, Trink- und Tobsucht in Osterholz mehr als unbeliebt. Vor allem in unserer Kneipe ›Zum Schevemoor‹ gibt es über ein Dutzend Leute, inklusive natürlich dem Wirt, die schon mit ihm aneinandergeraten sind oder sich gar mit ihm geprügelt haben.«

Otto von Weyhe verzog leicht das Gesicht und legte die Stirn in Falten. Die Zahl der Verdächtigen schien soeben ins Unermessliche gestiegen zu sein.

»Ein Herr«, ergriff jetzt auch Alma Schmidt das Wort, »ein Bauer aus Arsten, kam in den letzten zwei Jahren auch gelegentlich mal hier auf dem Hof vorbei, um Friedrich Horstmann zu besuchen oder mit ihm zu sprechen.«

Der Kommissär wurde sogleich hellhörig.

»Er stellte sich mir bei seinem ersten Besuch als Hermann Meyer aus Arsten vor. An seiner Kniebundhose aus schwarzem Leder, seiner hochgeschlossenen Weste mit Stehkragen und seinem großen, runden, breitkrempigen Bauernhut konnte ich erkennen, dass er ebenfalls in der Landwirtschaft tätig ist.«

»Wissen Sie, was genau er hier wollte?«, unterbrach Otto von Weyhe kurz die Magd.

»Nein, dazu kann ich leider nichts sagen«, erwiderte Alma Schmidt daraufhin, »fest steht allerdings, dass Friedrich Horstmann über diese Besuche alles andere als erfreut war.«

Interessiert hörte von Weyhe der Magd zu und sah sie aufmerksam an.

»Bei seinem ersten Besuch empfing Friedrich Horstmann den Arster Bauern noch respektvoll in seinem Herrenzimmer. Die beiden hielten sich dort ungefähr eine Stunde auf, bis Hermann Meyer schließlich das Zimmer sowie den Hof wieder verließ. Bei seinem zweiten Besuch, ein halbes Jahr später, wimmelte Friedrich Horstmann, wie ich beobachten konnte, den Bauern nach einem heftigen Wortgefecht schon nach wenigen Minuten vor dem Wohnhaus ab.«

»Ist der Bauer seitdem hier noch einmal wieder aufgetaucht?«, fragte der Kommissär sogleich interessiert nach.

»Ja, vor etwa zwei Wochen«, erinnerte sich Alma Schmidt noch gut an diesen Tag. »Der Bauer kam zu mir in die Stallung, als ich gerade eine Kuh melkte, und sagte mir, dass er umgehend Friedrich Horstmann sprechen müsse. Ich schickte ihn daraufhin einmal um das Wohnhaus herum, wo ich unseren Arbeitgeber vermutete. Um nach seinen nächtlichen Trinkgelagen wieder klar im Kopf zu werden, setzte sich Friedrich Horstmann, wenn er mittags endlich Schlafkammer und Bett verlassen hatte, gerne auf eine sich an der Außenwand befindliche Bank, um sich die frische Luft ins Gesicht wehen zu lassen. Nach ein paar Minuten, ich hatte das Melken gerade beendet, hörte ich, wie Hermann Meyer und Friedrich Horstmann auf einmal hinter dem Wohnhaus heftig zu streiten schienen. Vor allem Horstmann brüllte laut und wie von Sinnen durch die Gegend. Neugierig verließ ich augenblicklich den Kuhstall, um mir den Streit aus der Ferne anzuschauen. Ehe ich jedoch das Wohnhaus überhaupt erreicht hatte, kam mir schon der Arster Bauer entgegengerannt, dicht gefolgt von Friedrich Horstmann, der ihn, wild brüllend, mit einer Heugabel verfolgte und immer wieder schrie: ›Verschwinden Sie von meinem Hof! Verschwinden Sie von meinem Hof! Ich will Sie hier nie mehr sehen! Nie mehr wiedersehen! Wehe, Sie wagen es noch einmal, hier aufzutauchen ...‹«

Kriminalpolizeikommissär von Weyhe pfiff bei den letzten Worten der Magd leise durch die Zähne. Vielleicht war die Anzahl der Verdächtigen soeben doch etwas eingegrenzt worden.

»Verdutzt«, fuhr Alma Schmidt fort, »konnte ich nur noch beobachten, wie der Bauer sich schnell auf ein Fahrrad, das Eingangs des Hofes abgestellt war, schwang und fluchtartig den Hof verließ. Seitdem ist er hier, soweit ich es jedenfalls beobachten konnte, nicht wieder aufgetaucht.«

»Vielen Dank, Frau Schmidt, Sie haben uns wirklich weitergeholfen«, bedankte sich Otto von Weyhe noch einmal bei der Magd, welche seine Danksagung müde lächelnd entgegennahm.

Im Anschluss daran erhob sich der Kommissär aus seinem Ohrensessel, ging langsam zu dem dunklen Ledersofa und weckte schließlich seine Kollegen Heinrich Hansen und Horst Ahrens auf, die das Ende des Verhörs nicht mehr miterlebt hatten beziehungsweise vor Müdigkeit und Erschöpfung im Sitzen eingeschlafen waren.

Als die beiden Polizisten wieder wach waren, sprach Otto von Weyhe Landjäger Horst Ahrens seinen Dank für dessen hervorragend geleistete Arbeit aus und wies ihn zudem an, die Leiche des toten Hofbesitzers am nächsten Tag umgehend abholen und in die Rechtsmedizin bringen zu lassen.

Horst Ahrens bedankte sich ebenfalls bei seinen Kollegen, um sich anschließend von Otto von Weyhe und Heinrich Hansen schnell zu verabschieden und sich, auch etwas enttäuscht, auf den Weg nach Hause zu begeben. Gern hätte er natürlich an den weiteren Ermittlungen in diesem Mordfall teilgenommen, doch seine Hilfe und Anwesenheit war nun leider nicht mehr länger vonnöten.

Von Weyhe und Hansen verabschiedeten sich ihrerseits noch kurz von der Magd und dem Knecht, um sich danach umgehend mit ihren Fahrrädern auf den Weg zur Kneipe »Zum Schevemoor« zu begeben. Wilhelm Stenzel hatte ihnen berichtet, dass es dort auch eine Möglichkeit zur Übernachtung gab. Müde und erschöpft traten die Polizisten erneut angestrengt in die Pedalen ihrer Fahrräder. Der Regen hatte glücklicherweise aufgehört, allerdings war es immer noch sehr windig und aufgrund der späten Uhrzeit inzwischen natürlich auch sehr dunkel geworden.

Bei der Kneipe »Zum Schevemoor« angekommen, stellten sie schnell ihre Räder an einem großen Eichenbaum, der sich auf der gegenüberliegenden Straßenseite befand, und betraten durch die Eingangstür das Innere der kleinen Schankwirtschaft. In einem engen, verqualmten Raum saßen einige Männer (von Weyhe und Hansen vermuteten, dass es allesamt

Osterholzer waren) zusammengedrückt an kleinen Tischen. Einige von ihnen unterhielten sich lautstark, andere wiederum saßen nur allein und still vor ihrem Getränk und schauten nachdenklich in Richtung Tischkante.

Otto von Weyhe und Heinrich Hansen gingen geradewegs zum Tresen, wo der Wirt, ein kleiner, untersetzter Mann mit breiten Schultern und einer Glatze, sogleich auf sie zukam.

»Guten Abend, die Herren. Was kann ich für sie tun?«, begrüßte er die beiden Polizisten freundlich. »Darf's vielleicht ein Bier für Sie sein?«

Kommissär von Weyhe und Wachtmeister Hansen, die einem kühlen Bier in der Regel alles andere als abgeneigt waren, schüttelten nur müde ihre Köpfe.

»Nein danke, ein anderes Mal bestimmt gerne«, äußerte sich Otto von Weyhe abwehrend zum Vorschlag des Wirtes. »Eher suchen wir eine Übernachtungsmöglichkeit als etwas zu trinken. Haben Sie vielleicht noch ein Zimmer frei? Wir wären morgen früh, nach dem Frühstück, auch wieder verschwunden.«

Der Wirt überlegte kurz. Dann griff er hinter den Tresen, holte einen Schlüssel hervor und signalisierte den zwei Polizisten, ihm zu folgen.

»Ich habe nur noch ein Zimmer für sie beide. Einer von Ihnen muss auf dem Sofa schlafen. Zahlen können Sie dann morgen früh. Frühstück gibt es zwischen sechs und acht Uhr«, sagte er gewandt zu den beiden Männern, als er mit ihnen die Treppe zum Obergeschoss hinaufging.

Von Weyhe und Hansen nickten zustimmend. Beide waren dermaßen müde, dass sie in ihrem Zustand auch auf dem Fußboden geschlafen hätten.

Nachdem sie das Zimmer oberhalb der Kneipe

bezogen hatten, warf sich Heinrich Hansen auf ein kleines Sofa, welches in der hintersten Zimmerecke stand, zog schnell noch seine Sachen aus und schlief augenblicklich ein. Auch Otto von Weyhe zog hastig seine Uniform und Schuhe aus und legte sich todmüde ins Bett.

»Horstmann, Herrenzimmer, Mord ...«, schoss es ihm noch einmal durch den Kopf, bevor er schließlich, auf dem Rücken liegend, einschlief.

*Afrikanische Steppe*

# IV

Gleißend und hoch stand die Sonne am Himmel, als sich der junge Weiße, der einst auf einem riesigen Dampfschiff aus dem fernen Europa nach Deutsch-Südwestafrika gekommen war und den die Einheimischen nur respektvoll »Omunahange« (friedlicher Mensch) nannten, auf leisen Sohlen und mit einem Gewehr in der Hand seinen Weg durch die wilde afrikanische Wildnis bahnte. Dieser Tag, der 4. August des Jahres 1896, war flirrend heiß. Ein strahlend schöner Tag unter afrikanischem Himmel. Kein Lufthauch rührte sich.

Mühsam bahnte sich »Omunahange« weiter seinen Weg durch das dichte Buschwerk. Er spürte, wie trotz aller Vorsicht, die er in diesem unwegsamen Gelände walten ließ, die spitzen, scharfen Dornen der sich dort befindlichen Büsche und Bäume immer mehr in seine Hände, seinen Rücken und seinen Oberschenkel schnitten. Auch sein helles Hemd war inzwischen bereits komplett zerrissen. Zwischendurch gelang es ihm immer mal wieder, die verschiedenen Dornen mit ihren unangenehmen Widerhaken zu umgehen, indem er sich auf den Boden legte und darunter hindurchkroch. Anschließend steckte sein Kopf dann zwar kurz in einem dicken Spinnennetz, dies war ihm allerdings wesentlich lieber als weitere unangenehme, schmerzhafte Schnittwunden davonzutragen. Meter für Meter pirschte er weiter durch das Dickicht, bis er durch das dichte Buschwerk vor sich auf einmal in großer Entfernung die schwachen Umrisse und Bewegungen einer Antilope erkennen konnte.

»Omunahange« frohlockte innerlich. Die Mühen und Strapazen der letzten Stunden schienen sich nun endlich auszuzahlen. Leise, ganz leise pirschte er sich Schritt für Schritt immer weiter an die Antilope heran, bis er nur noch etwa hundert Meter von ihr entfernt war und ein gutes Schussfeld hatte. Lautlos ging er auf die Knie, nahm das Gewehr von seiner Schulter und legte sich flach auf den staubigen, trockenen Boden. Langsam richtete er den Lauf des Gewehrs auf die Antilope, fixierte das Ziel und atmete mehrmals kräftig durch die Nase aus, um seinen heftigen Herzschlag etwas zu beruhigen. Innerlich fluchte er einmal kurz. Seine Hände waren aufgrund der extremen Hitze sehr feucht und nass geworden, zudem lief ihm Schweiß von der Stirn ins Gesicht.

Regungslos lag »Omunahange« zunächst nur eine Weile auf der Erde. Dann begann sich allmählich sein rechter Zeigefinger am Gewehrabzug zu krümmen. Doch gerade, als er schießen wollte, machte das Tier ein paar Schritte nach vorn, so dass er seine Beute erneut ins Visier nehmen musste. Ein paar Sekunden später, die sich wie eine halbe Ewigkeit anfühlten, gab er schließlich den ersten Schuss ab. Aus der Entfernung heraus konnte er erkennen, wie sich die Antilope urplötzlich um die eigene Achse drehte, leicht taumelte, noch ein paar Meter langsam nach vorn ging und schließlich umfiel.

»Omunahange« erhob sich rasch und ging mit schnellen Schritten auf seine Beute zu, die sich nun auch nicht mehr bewegte und regungslos auf dem trockenen, harten Boden der dichten afrikanischen Buschlandschaft lag. Als er bei der Antilope angekommen war, stellte er zufrieden fest, dass er einen erfolgreichen Treffer gesetzt hatte. Ein zweiter Schuss war nicht mehr nötig. Das Tier lebte nicht mehr.

Mit einer gewaltigen Kraftanstrengung wuchtete er sich die tote Antilope auf seine Schultern und begann sogleich, sich auf den beschwerlichen Rückweg zu machen. Erschöpft von der Hitze und der Last des Tieres machte er zwischendurch immer wieder eine kurze Pause, um einen Schluck Wasser aus seiner Feldflasche zu nehmen und neue Kräfte zu sammeln. Die Wunden an seinem Körper, welche die Dornen verursacht hatten, begannen mehr und mehr zu schmerzen. Zudem taten ihm auch die Füße weh, die er sich inzwischen, zu allem Überfluss, in seinen ledernen Stiefeln wundgelaufen hatte.

Fluchend und mit den Zähnen knirschend bahnte sich »Omunahange« weiter seinen Weg durch das dichte Buschwerk. Am liebsten wäre er auf den harten Boden gesunken und dort für den Rest des Tages einfach sitzen geblieben, dies kam für ihn aber natürlich nicht in Frage. Die letzten zwei Jahre in Deutsch-Südwestafrika hatten ihn dermaßen hart gemacht, dass er zu keiner Zeit Zweifel daran hatte, dass er auch diese Strapaze letztlich erfolgreich meistern würde.

Vor sich erkannte er auf einmal eine Buschreihe, die ihm bekannt vorkam. Ein Ausdruck der Entschlossenheit zeichnete sich sogleich auf seinem Gesicht ab und ein warmes Gefühl der Zuversicht strömte urplötzlich durch seine Adern. Diese Buschreihe hatte er bereits wenige Minuten nach seiner Ankunft, am Anfang seiner Jagd, durchquert. Weit konnte das von ihm herbeigesehnte Ziel also nicht mehr entfernt sein.

Völlig ausgelaugt und erschöpft, aber auch glücklich und zufrieden mit sich und seinem Jagderfolg, erreichte »Omunahange« schließlich das Pferdegespann, welches er zu Beginn seiner Jagd am Rande der Buschlandschaft zurückgelassen hatte. Mit einer letzten Kraftanstrengung lud er die tote Antilope auf, kletterte auf den Wagen und machte sich mit dem Gespann auf den Rückweg.

Es war bereits dunkel, die Sonne war schon lange am Horizont verschwunden, als er schließlich, zu seiner großen Erleichterung, seine Farm erreichte. Aus dem Hauptgebäude heraus kam sogleich ein junger Weißer, der ebenfalls Farmer und offensichtlich ziemlich angetrunken war. Er stürmte erfreut auf ihn zu, um ihn in Empfang zu nehmen und vor allem die erbeutete Antilope zu begutachten.

»Gut gemacht, alter Junge«, lallte der Weiße »Omunahange« sogleich entgegen, nachdem er seinen Blick wieder vom hinteren Teil des Pferdegespanns abgewandt hatte. »Fleisch haben wir für die nächsten Tage jetzt wirklich mehr als reichlich.«

Nachdem »Omunahange« die Pferde getränkt, sein Gewehr gereinigt, seine Wunden mit Alkohol gereinigt sowie etwas gegessen und getrunken hatte, verbrachte er den Rest des Abends damit, seinem Farmerkollegen am Lagerfeuer von seinen Jagderlebnissen und Strapazen im dichten Busch zu berichten. Beide schmauchten dabei genüsslich ein Pfeifchen und genossen die wohltuende Wärme des Feuers inmitten der langsam immer stärker aufkommenden Kälte der Nacht.

Todmüde, aber überglücklich ging »Omunahange« kurz nach Mitternacht ins Bett und schlief, mit einem letzten Gedanken an die aufregende Jagd und die gemachte Beute, sofort ein.

*Bremer Rathaus um 1860*

# V

Otto von Weyhe und Heinrich Hansen waren noch sehr müde, als sie am nächsten Morgen um kurz vor acht unten in der Kneipe »Zum Schevemoor« ihr Frühstück einnahmen. Der Wirt hatte laut an ihr Zimmer klopfen und sie wecken müssen, ansonsten hätten die beiden Polizisten verschlafen und somit das Frühstück verpasst.

Müde nippte Heinrich Hansen an seinem Kaffeebecher. Es fiel ihm schwer, seine Augen offen zu halten. Trotz aller Strapazen des Vortages hatte er alles andere als eine erholsame Nacht gehabt. Unruhig hatte er geschlafen, zu viele Bilder hatten in seinem Kopf herumgespukt. Zu viele Ereignisse hatte sein Unterbewusstsein noch zu verarbeiten gehabt. Irgendwann war er schließlich, nach einem schrecklichen Alptraum, mitten in der Nacht hochgeschreckt, nachdem er geträumt hatte, wie sich der ermordete Friedrich Horstmann auf einmal im Herrenzimmer erhoben und, immer noch durchbohrt von der Herelanze, versucht hatte, ihn mit beiden Händen am Hals zu fassen und zu erwürgen. Schweißgebadet war Heinrich Hansen schließlich aufgewacht, hatte kerzengerade in seinem Bett gesessen und immer wieder geschrien:

»Nein! Nein! Bitte Nicht! Bitte nicht! Kommissär von Weyhe! Kommissär von Weyhe! Hilfe! Hilfe!«

Aufgeschreckt durch die Schreie seines jungen Kollegen und den Ruf seines Namens war natürlich auch Otto von Weyhe urplötzlich aus seinem Schlaf gerissen worden. Reflexartig war er umgehend aus seinem Bett gesprungen und hatte sich sofort seine Polizeipistole aus der Uniform gegriffen, bis ihm schließlich klar wurde, dass im Zimmer keine unmittelbare Gefahr in Verzug war.

Nachdem Hansen sich wieder beruhigt hatte, versuchten die beiden Polizisten vergeblich, sofort wieder einzuschlafen. Unruhig wälzten sie sich von einer Seite auf die andere, bemüht darum, wieder etwas Ruhe in ihren Körper und ihre Gedanken zu bekommen. Als sie am frühen Morgen endlich noch einmal in den Schlaf gefallen waren, war die Nacht auch schon fast vorbei. Darauf wartend, dass endlich die Müdigkeit aus seinem Körper weichen würde, nippte Kriminalpolizeikommissär Otto von Weyhe am Frühstückstisch ebenfalls lustlos an seinem Kaffeebecher. Etwas missmutig schaute er seinen jungen Kollegen an, der ihm gegenübersaß, noch immer kaum die Augen aufbekam und ihn in der Nacht um seinen wohlverdienten Schlaf gebracht hatte. Wohlwissend, dass Hansen diesbezüglich natürlich keine böse Absicht zu unterstellen war, sagte er aber nichts.

Nachdem die beiden ihr Frühstück beendet hatten, befragten Otto von Weyhe und Heinrich Hansen kurz den Wirt über die Person Friedrich Horstmann und den vom Knecht Wilhelm Stenzel angegebenen Kneipenaufenthalt am Abend des Mordes. Der Wirt bestätigte umgehend die vom Knecht gemachten Angaben. Wilhelm Stenzel sei tatsächlich vor zwei Tagen abends kurz in seiner Kneipe gewesen, habe zwei Bier getrunken und sei dann relativ schnell wieder gegangen. Über Friedrich Horstmann verlor der Wirt nicht viele Worte. Er bestätigte nur, dass besagter Bauer aufgrund seiner Streit-, Trink- und Tobsucht in Osterholz mehr als unbeliebt war und es in seiner Kneipe »Zum Schevemoor« immer wieder zu Streitigkeiten oder gar Prügeleien mit ihm gekommen sei.

Die beiden Kriminalbeamten bedankten sich beim Wirt für die Übernachtung und das Frühstück, bezahlten noch kurz ihre Zeche und schwangen sich sogleich auf ihre Fahrräder. Sie wollten so schnell wie möglich mit den Ermittlungen in diesem Mordfall fortfahren und als Nächstes dem Knecht Johann Schütte auf dem Büchnerhof einen Besuch abstatten.

Das Wetter war an diesem Tag, dem dreizehnten des Monats Juli, komplett anders und angenehmer als noch am Vortag. Nur wenige Wolken waren am Himmel zu sehen, die Sonne bahnte sich langsam ihren Weg nach oben und verbreitete etwas Wärme auf der Erdoberfläche. Auch der Wind hatte merklich nachgelassen, nur ein laues, wohltuendes Lüftchen wehte - wie eigentlich üblich für diesen Sommermonat - leicht über die Osterholzer Wiesen und Felder. Wohlriechende Düfte strichen an den Nasen von Otto von Weyhe und Heinrich Hansen vorbei, zudem hörten sie in der Ferne immer wieder Vögel zwitschern. Allmählich entwich auch endlich die Müdigkeit aus den Körpern der beiden Polizisten und ein leichtes Lächeln zeichnete sich nach und nach auf ihren Gesichtern ab. Beide, sowohl Heinrich Hansen als auch Otto von Weyhe, genossen es nun sichtlich, an diesem schönen Morgen in der Natur beziehungsweise mit dem Fahrrad unterwegs zu sein.

Beide Polizisten wären aufgrund des schönen Wetters sicherlich gern ein bisschen länger unterwegs gewesen, doch schon nach kurzer Zeit erreichten sie den Hof des Bauern Georg Büchner, wo Johann Schütte, der ehemalige Angestellte von Friedrich Horstmann, laut Angaben von Wilhelm Stenzel nun seit ein paar Wochen als Knecht tätig war. Von Weyhe und Hansen stellten rasch ihre Räder an der Außenwand des vorn gelegenen, langgezogenen, reetgedeckten Haupthauses ab und gingen geradewegs zur großen Eingangstür, welche sich direkt an der Frontseite des Gebäudes befand. Nachdem niemand auf ihr mehrmaliges Klopfen reagiert hatte, öffneten sie die Tür, durchquerten den Eingangsbereich und befanden sich im Anschluss daran auf einer großen Diele, an deren Außenwänden sich links und rechts Viehställe für Rinder und Kühe befanden.

Kriminalpolizeikommissär Otto von Weyhe und Kriminalwachtmeister Heinrich Hansen hielten kurz inne und betrachteten die Umgebung. Im Gegensatz zum Hof von Friedrich Horstmann wohnten die Familie Büchner sowie das Gesinde noch mit ihrem Vieh unter einem Dach. Die Futterkrippen befanden sich längsseits der Diele. Das Rindvieh wurde durch ein Gitter im Stall gehalten, während das Milchvieh zusätzlich angebunden war und das Futter durch das Gitter hindurch direkt von der Diele nehmen konnte. In der Mitte der Diele befand sich eine offene Feuerstelle, über der ein großer gusseiserner Topf an einem Haken hing. Hier wurde ganz offensichtlich immer das Essen gekocht und zubereitet. Am Ende der Diele, an der Giebelwand, entdeckten die beiden Polizisten schließlich noch drei Türen.

Otto von Weyhe blickte seinen jungen Kollegen vielsagend an.

»Wahrscheinlich«, wandte er sich an Hansen, »führen diese zur kleinen Stube sowie zum Wohn- und Schlafzimmer der Familie Büchner. Schauen wir doch mal nach, ob wir vielleicht dort jemanden finden. Klopfen Sie doch bitte einmal an, Hansen!«

Kriminalwachtmeister Hansen ging abwechselnd zu den drei Türen, klopfte jeweils daran und rief jedes Mal lautstark:

»Hallo! Guten Morgen! Ist jemand zu Hause? Wir sind von der Kriminalpolizei und müssten mal kurz mit Ihnen sprechen.«

Als niemand auf sein Klopfen und Rufen reagierte, versuchte Heinrich Hansen, die Türen von außen zu öffnen, aber alle waren letztlich verschlossen.

Nach kurzem Überlegen verließen die beiden Polizisten schließlich wieder das Haupthaus, um im Außenbereich nach dem Bauern und seinem Knecht zu suchen. Dort schauten sie zunächst kurz in den kleinen Pferdestall, der außen an das Gebäude angebaut war, und begaben sich danach, nachdem sie dort niemanden entdeckt hatten, zu den umliegenden, weiter hinten auf dem Grundstück gelegenen Weide- und Ackerflächen.

Auf dem ersten Getreidefeld, bei dem sie sich umschauten, wurden sie bereits fündig. Otto von Weyhe und Heinrich Hansen entdeckten mehrere Männer und Frauen, die gerade mit Sicheln und Sensen mit der mühsamen Ernte des Sommergetreides beschäftigt waren. Die Männer kappten die Getreidehalme knapp über der Grasnarbe, während die Frauen die abgetrennten Halme zu so genannten Garben zusammenbanden und auf dem Feld zum weiteren Trocknen und Abreifen gegeneinander aufstellten.

Ein vollbärtiger, weißhaariger, freundlicher alter Mann unterbrach beim Anblick der beiden Polizisten auf einmal seine Arbeit und stellte sich ihnen vor:

»Guten Morgen, meine Herren. Ich bin Georg Büchner, der Besitzer dieses Hofes. Was kann ich für Sie tun?«

»Guten Morgen, Herr Büchner. Ich bin Kriminalpolizeikommissär Otto von Weyhe, das hier ist Kriminalwachtmeister Heinrich Hansen. Wir suchen einen Ihrer Knechte, Johann Schütte. Wissen Sie, wo wir ihn finden können? Wir müssten einmal dringend mit ihm sprechen.«

Georg Büchner dachte einen Augenblick nach. Dann winkte er den beiden Kriminalbeamten zu, ihm durch das Getreidefeld zu folgen. Otto von Weyhe und Heinrich Hansen gehorchten bereitwillig.

Nach ein paar Minuten zeigte Georg Büchner auf einen großen, muskulösen, jungen Mann, der, sichtlich gekennzeichnet von der körperlich anstrengenden Arbeit, die er zu verrichten hatte, gerade Getreidehalme mit einer Sichel abschnitt. Schweiß floss von der Stirn abwärts über sein komplettes Gesicht und auch sein weißes Hemd wies bereits unzählige Schweißflecken auf.

Johann Schütte unterbrach beim Anblick der drei Männer augenblicklich seine Arbeit. Er schien nicht sonderlich überrascht zu sein, dass sein Arbeitgeber auf einmal mit zwei uniformierten Polizisten vor ihm stand.

»Guten Tag, die Herren«, wandte er sich sogleich an die beiden Kriminalbeamten.

»Ich vermute mal, dass Sie wegen des Mordes an Friedrich Horstmann hier sind, oder?«

»Ja, richtig. Deswegen sind wir hier«, bestätigte Otto von Weyhe sogleich die Vermutung von Johann Schütte. »Ich bin Kriminalpolizeikommissär Otto von Weyhe, der Herr neben mir ist Kriminalwachtmeister Heinrich Hansen. Wir beide führen die Ermittlungen in diesem Mordfall durch. Der Mord an Friedrich Horstmann hat sich also bereits in Osterholz herumgesprochen?«

»Ich glaube, ganz Osterholz weiß inzwischen darüber Bescheid«, entgegnete der Knecht sogleich. »Alma Schmidt und Wilhelm Stenzel haben alles dafür getan, dass auch der letzte Einwohner unseres Stadtteils hinreichend darüber informiert wurde. Herr Kriminalpolizeikommissär, Herr Kriminalwachtmeister, eines möchte ich von vornherein klarstellen: Ich habe Friedrich Horstmann nicht ermordet! Ich war es nicht! Auch wenn ich allen Grund für die Ermordung dieses Teufels gehabt hätte! Alma und Wilhelm werden Ihnen, denke ich mal, erzählt haben, was mir mit Friedrich Horstmann widerfuhr?«

Otto von Weyhe und Heinrich Hansen nickten.

»Die armen Pferde ... Die arme Alma ... Immer wieder waren sie den Attacken dieses Leibhaftigen in Menschengestalt ausgesetzt gewesen. Aber das hat ja nun zum Glück alles ein Ende!«

»Herr Schütte, wo waren Sie am Abend des elften Juli?«, wandte sich Otto von Weyhe sogleich wieder an den Knecht. »Wo waren Sie an dem Tag, als der Mord geschah?«

Johann Schütte überlegte nicht lange. Schnell, ohne groß nachzudenken, beantwortete er umgehend die Frage des Kommissärs:

»Herr Kriminalpolizeikommissär, Herr Kriminalwachtmeister, diese Frage lässt sich sehr leicht beantworten. Ich habe den ganzen Tag hier auf dem Getreidefeld gearbeitet und bin dann am Abend früh zu Bett gegangen. Wie Sie mir vielleicht ansehen können, ist das Ernten des Getreides sehr anstrengend und zeitaufwändig, so dass für anderweitige Aktivitäten außerhalb des Hofes in der Regel gar keine Zeit oder Kraft mehr da ist.«

Georg Büchner nickte Johann Schütte zustimmend zu. Er selbst wusste aufgrund seines Alters und seiner Erfahrung mit der Getreideernte natürlich nur zu gut, wovon sein Knecht gerade sprach.

»Wenn Sie es ganz genau wissen wollen, Herr Kriminalpolizeikommissär«, schloss Johann Schütte schließlich seinen Bericht ab, »war ich am Dienstag bereits ab fünf Uhr morgens auf dem Feld. Unterbrochen habe ich nur meine Arbeit, um zusammen mit den anderen Erntehelfern um sechs Uhr den Morgenkaffee einzunehmen, um neun Uhr zu frühstücken, um zwölf Uhr Mittag zu essen und um halb vier den Nachmittagskaffee zu mir zu nehmen. Gegen acht Uhr abends habe ich dann noch mein Abendbrot eingenommen und bin danach todmüde in meiner Kammer zu Bett gegangen. Herr Büchner kann das unter anderem alles bezeugen.«

Wieder nickte der alte Bauer.

»Ja, so war es. Johann ist den ganzen Tag hier auf dem Hof gewesen«, unterstützte er ohne Einschränkung die Angaben seines jungen Knechtes.

»Können Sie, Herr Büchner, oder vielleicht eine andere Person auch bezeugen, dass Sie, Herr Schütte, am Dienstagabend in ihrer Kammer waren und diese auch nicht mehr verlassen haben?«, hakte Otto von Weyhe noch einmal nach.

Johann Schütte und Georg Büchner schüttelten daraufhin nur stumm ihre Köpfe. Weder konnte Georg Büchner bezeugen, dass der Knecht zur Tatzeit wirklich im Bett gelegen hatte, noch konnte Johann Schütte dafür irgendwelche Zeugen benennen.

Otto von Weyhe und Heinrich Hansen tauschten kurze Blicke aus. Dann verabschiedeten sie sich schließlich bei Georg Büchner und Johann Schütte und verließen auf ihren Fahrrädern den Bauernhof.

Otto von Weyhe war maßlos enttäuscht. Wieder hatte sich die Zahl der Verdächtigen nicht entscheidend eingeschränkt, da sich die Angaben des Knechtes Johann Schütte für die Mordnacht nicht ausreichend beweisen ließen und er demzufolge weiterhin zum engeren Kreis der Verdächtigen gezählt werden musste.

»Verdammt! Verdammt!«, fluchte der Kommissär leise vor sich hin, während er in die Pedalen seines Fahrrades trat und die Distanz zwischen ihm und dem Büchner-Hof allmählich immer größer wurde. »Wieder keine heiße Spur!«

Nachdem er so ein paar Minuten vor sich hin lamentiert und geflucht hatte, entdeckten die beiden Polizisten vor sich auf dem Weg plötzlich eine alte gebeugte Frau mit einem Kopftuch, die offensichtlich zu einem der umliegenden Osterholzer Bauernhöfe gehörte. Sie war zu Fuß unterwegs, trug zwei Milchkannen bei sich und war im Gesicht und an den Händen schwer gezeichnet von der harten Arbeit, die sie allem Anschein nach fast ihr komplettes Leben lang auf ihrem Hof zu verrichten gehabt hatte.

Wachtmeister Hansen und Kommissär von Weyhe vermuteten, dass der Inhalt der Milchkannen ganz offensichtlich für Männer und Frauen vorgesehen war, die – ebenso wie auf dem Büchnerhof – gerade auf den Feldern mit der Getreideernte beschäftigt waren.

Die Männer stoppten ihre Fahrräder und befragten die Frau sogleich nach dem Weg zur Schmiede von Alfred Behrens. Die alte Frau überlegte kurz, bevor sie den beiden Männern schließlich die gewünschte Auskunft gab:

»Am Ende des Weges links. Dann noch ungefähr eine Meile den gepflasterten Weg entlang. Die Schmiede kommt dann irgendwann auf der rechten Seite.«

Otto von Weyhe und Heinrich Hansen bedankten sich und setzten ihren Weg fort. Nach kurzer Zeit entdeckten sie bereits in der Ferne, rechts vom Weg gelegen, ein weißes Steinhaus mit einem braunen Holzdach. Je näher sie dem Haus kamen, desto sicherer waren sie sich schließlich, dass es sich bei dem hellen Gebäude um die gesuchte Schmiede von Alfred Behrens handeln musste. Ein heller Hammerklang dröhnte ihnen immer lauter entgegen, gemischt mit einem frohen Gesang, der sich zwischenzeitlich von den gewaltigen Hammerschlägen abhob und ebenfalls zu den beiden Polizisten herüberdrang:

*Ja Leute, das war eine schöne Zeit.*
*Fabriken hat's noch keine gegeben,*
*und der Huf- und Nagelschmied*
*haben gehabt ein lustiges Leben!*

Kriminalpolizeikommissär von Weyhe hielt kurz inne, als er sich das Lied, welches offensichtlich gerade vom Schmied während seiner Arbeit gesungen wurde, bezüglich seines Inhaltes vor Augen führte. Durch die zunehmende Industrialisierung war es in Bremen nicht nur allmählich zu einer Reduktion der Arbeitskräfte in der Landwirtschaft gekommen, sondern auch das Handwerk hatte einiges von seinem »goldenen Boden« verloren, da viele Produkte inzwischen in den Fabriken maschinell und wesentlich günstiger und vielfältiger als durch Handarbeit hergestellt wurden. Auch die Bremer Schmiede hatten massiv unter diesem technischen Fortschritt zu leiden. Otto von Weyhe wusste genau, dass viele von ihnen ihre Betriebe schließen und als Arbeiter in die großen Fabriken gehen mussten, da auch die Herstellung von Eisennägeln längst von Maschinen übernommen wurde.

»Diese Schmiede«, war sich der Kommissär ziemlich sicher, »ist wahrscheinlich noch die letzte und einzige in ganz Osterholz.«

Bei der Schmiede von Alfred Behrens angekommen, lehnten die beiden Polizisten ihre Fahrräder draußen an einen dunklen Holzzaun an. Dann gingen sie durch ein kleines Zaungatter direkt zur Eingangstür der Schmiede.

Kriminalwachtmeister Hansen ballte seine rechte Hand zu einer Faust, klopfte mit aller Kraft gegen die massive Eichenholztür und rief lautstark:

»Hallo? Alfred Behrens? Wir sind von der Kriminalpolizei! Machen sie bitte die Tür auf!«

Nach einigen Sekunden des Klopfens und Rufens verebbten Gesang und Hammerklang im Innern des Raumes und schwere Schritte näherten sich der Eingangstür. Wenige Sekunden später wurde die Tür aufgerissen und vor den beiden Polizisten stand ein kleiner, muskulöser, durchgeschwitzter, glatzköpfiger Mann mit einem blonden Schnurrbart. Seine Füße steckten in hellen Holzschuhen, zudem trug er ein weißes Unterhemd, eine lange, dunkle Hose sowie darüber eine braune Lederschürze. In der rechten Hand hielt er einen großen Hammer mit einem breiten, massiven Federstahlkopf.

»Guten Tag, die Herren«, begrüßte der Schmied freundlich und keineswegs überrascht die beiden Kriminalbeamten. »Sie kommen wahrscheinlich wegen des Mordes an Friedrich Horstmann, oder? Kommen Sie doch bitte herein.«

Otto von Weyhe und sein Assistent schauten sich stirnrunzelnd und mit hochgezogenen Augenbrauen an. Die Verbreitung von Neuigkeiten und Nachrichten schien in diesem Bremer Stadtteil ganz offensichtlich perfekt zu funktionieren.

»Richtig! Deswegen sind wir hier!«, beantwortete Otto von Weyhe die Frage, während er und Heinrich Hansen etwas zögerlich, die Augen ununterbrochen auf den großen, furchteinflößenden Schmiedehammer gerichtet, Alfred Behrens in das Innere des Hauses folgten. Als der Schmied endlich seinen Hammer aus der Hand legte und zu zahlreichen anderen Hämmern und Zangen an die Wand hängte, waren Otto von Weyhe und Heinrich Hansen sichtlich erleichtert.

Als die Männer schließlich an einem Holztisch auf drei kleinen Hockern Platz nahmen, schaute sich der Kommissär zunächst in der Schmiede um. In dem Raum, in welchem sie gerade saßen, befand sich an einer der Wände ein großer, offener Kamin mit einem Blasebalg.

Es war offensichtlich, dass Alfred Behrens bis vor kurzem an dieser Feuerstelle gearbeitet hatte. Glühende Kohlen, die eine ungemein starke Hitze ins Innere des Raumes ausstrahlten, und ein glühender Eisenstab, der etwas abseits der Glut lag, deuteten unmissverständlich darauf hin.

Gegenüber der Feuerstelle stand in einer Ecke zudem ein stählerner Amboss, der auf einem kleinen, breiten Baumstamm fixiert war. Auf ihm hämmerte der Schmied anscheinend das Eisen, nachdem er es über der Feuerstelle ausreichend erhitzt hatte, in die passende, gewünschte Form.

Alfred Behrens nahm einen kräftigen Schluck Wasser aus einem Becher und bot den beiden Polizisten anschließend ebenfalls etwas Wasser zu trinken an. Otto von Weyhe und Heinrich Hansen nahmen das Angebot dankend an. Durch die im Laufe des Vormittages stetig ansteigenden Temperaturen im Außenbereich und die starke Hitze im Innern der Schmiede waren sie inzwischen ziemlich durstig geworden.

Alfred Behrens erhob sich erneut von seinem Hocker, ging kurz in den Nebenraum, kam mit zwei weiteren Bechern mit Wasser wieder und stellte diese sogleich vor den beiden Polizisten auf den Tisch. Otto von Weyhe und Heinrich Hansen schnappten sich zeitgleich die Becher, setzten sie gierig an den Mund und leerten sie nahezu in einem einzigen, kräftigen Zug. Anschließend stellten sie die Becher wieder auf den Tisch und atmeten, froh darüber, dass das unangenehme Durstgefühl endlich spürbar nachließ, tief und erleichtert durch.

»Vielen Dank für das Wasser, Herr Behrens, das hat wirklich sehr gut getan«, bedankte sich Otto von Weyhe auch im Namen von Heinrich Hansen bei dem Schmied.

»Wie Sie aber ja wissen, sind wir nicht hier, um unseren Durst bei Ihnen zu stillen, sondern wegen des Mordes an dem Osterholzer Bauern Friedrich Horstmann. Wie ich hörte, kannten Sie ihn gut?«

Alfred Behrens verzog bei den letzten Worten des Kriminalpolizeikommissärs böse das Gesicht. Keinerlei Freundlichkeit war urplötzlich mehr in seinem Gesicht zu erkennen. »Ja, ich kannte ihn gut. Sehr gut sogar. Dieses Ungeheuer! Diesen Teufel! Diesen Leibhaftigen in Menschengestalt!«

Bei den letzten Worten des Schmiedes waren es diesmal die Gesichtsausdrücke von Otto von Weyhe und Heinrich Hansen, die sich merklich änderten. Sichtlich genervt verzogen die beiden Polizisten ihre Gesichter. Dass Friedrich Horstmann für die meisten seiner Mitmenschen offensichtlich der »Leibhaftige in Menschengestalt« gewesen war, hatten sie in den letzten zwei Tagen nicht nur mehrfach gehört, sondern es erschwerte auch die Ermittlungen in diesem Mordfall ungemein. Letztlich musste offensichtlich jeder, der den toten Bauern überhaupt nur gekannt hatte, zum erweiterten Kreis der Verdächtigen gezählt werden.

»Friedrich Horstmann«, fuhr der Schmied fort, »habe ich es zu verdanken, dass ich wochenlang nicht arbeiten konnte und kurz davor war, meine Schmiede schließen zu müssen. Es grenzt an ein Wunder, dass ich meinen rechten Arm überhaupt wieder schmerzfrei belasten kann und diese schlimme Zeit irgendwie durchgestanden habe.«

»Was genau war passiert?«, hakte Otto von Weyhe nach, wohlwissend, dass es Friedrich Horstmann gewesen war, der dem Schmied damals im Zuge einer Prügelei den rechten Arm gebrochen hatte.

Alfred Behrens lehnte seinen muskulösen Oberkörper langsam vom Tisch zurück, verschränkte seine Arme vor der Brust und begann, sichtlich darum bemüht, die bei ihm aufgekommene Erregung wieder etwas abklingen zu lassen, zu erzählen, was sich vor ein paar Wochen zwischen ihm und dem ermordeten Bauern zugetragen hatte.

»Friedrich Horstmann hatte, wie sie ja bestimmt bereits wissen, auf seinem Hof nicht nur zahlreiche Kühe und Rinder, sondern auch viele Pferde. Da ich der einzige noch verbliebene Huf- und Nagelschmied in Osterholz bin – alle meine ehemaligen Handwerkskollegen mussten ihre Schmieden schließen und in die großen Bremer Fabriken gehen –, sprach Friedrich Horstmann, nachdem er sich vor etwa zwei Jahren den großen Bauernhof gekauft hatte, natürlich als Erstes mich an, als es um die Hufpflege und das notwendige Beschlagen seiner Pferde ging. Anfangs, das muss ich zugeben, war mir dieser Mensch gar nicht so unsympathisch.

Stets hatte er Aufträge für mich und er bezahlte auch immer sofort, nachdem ich meine Arbeit ordentlich verrichtet hatte. Und so kam es, dass ich in der Anfangszeit sehr häufig auf dem Horstmannhof tätig war. Ich widmete mich natürlich nur den Pferden, in der Regel kümmerte ich mich um die Zahnpflege der Tiere oder verpasste ihnen maßgerechte Hufeisen, nachdem ich ihre Hufe durch Ausschneiden und Raspeln des Horns dafür entsprechend vorbereitet hatte. Die benötigten Hufeisen und Hufnägel für den Beschlag stellte ich natürlich selbst in meiner Schmiede her. Aber, Herr Kriminalpolizeikommissär, Herr Kriminalwachtmeister, so schön die Anfangszeit mit Friedrich Horstmann auch gewesen war, so schrecklich und schmerzhaft war schließlich auch das Ende unserer Zusammenarbeit.«

Alfred Behrens machte eine kurze Pause, um vom Tisch aufzustehen und sich einen weiteren Becher mit Wasser zu holen. Nachdem er wieder Platz genommen hatte, trank er wieder einen kräftigen Schluck und fuhr dann rasch mit seiner Erzählung fort:

»Mit der Zeit kam es leider immer häufiger vor, dass Friedrich Horstmann mich nicht mehr pünktlich für meine Arbeit bezahlte. Wann es losging, kann ich gar nicht mehr so genau sagen. Anfangs verzögerte sich die Bezahlung höchstens mal um ein paar Tage. In der Regel bekam ich mein Geld aber zumindest immer dann, wenn ich wieder das nächste Mal auf seinem Hof tätig war. Irgendwann aber dauerte es auf einmal mehrere Wochen, bis ich endlich für meine Arbeit entlohnt wurde. Bis es eines Tages schließlich gänzlich aus war mit der Bezahlung. Am Ende schuldete mir Friedrich Horstmann, von meinem Arbeitslohn mal ganz zu schweigen, das Geld für insgesamt 76 Hufeisen und Hunderte von Nägeln. Natürlich stellte ich meine Arbeit bei ihm sofort ein und versuchte immer wieder, vor allem, wenn wir uns ›Im Schevemoor‹ trafen, mein Geld von ihm zu bekommen.«

»Haben Sie ihn diesbezüglich auch mal zu Hause aufgesucht?«, unterbrach Otto von Weyhe den Schmied. »Sind Sie vielleicht zufällig mal in seinem Herrenzimmer gewesen?«

Alfred Behrens schüttelte energisch den Kopf.

»Nein. Das Grundstück dieses Bastards habe ich nicht mehr betreten, seitdem er mich nicht mehr für meine Arbeit bezahlte. Vielmehr versuchte ich, wie schon erwähnt, das Geld von ihm zu bekommen, wenn wir uns mal zufällig in der Kneipe trafen. Aber gutes Zureden und Bitten half absolut nichts, im Gegenteil. Die Tobsuchtsanfälle und Aggressionen dieses Teufels mir gegenüber wurden mit der Zeit eher immer heftiger, wenn ich ihn auf seine Schulden ansprach.

Eines Tages kam es ›Im Schevemoor‹ schließlich zu einer großen Prügelei zwischen uns. Wir beide waren stark angetrunken. An alle Einzelheiten, Herr Kriminalpolizeikommissär, Herr Kriminalwachtmeister, kann ich mich leider nicht mehr genau erinnern. Ich weiß nur noch, dass es vorab mal wieder zu einem heftigen Wortgefecht zwischen uns gekommen war, an dessen Anschluss wir auf einmal wild und ohne Sinn und Verstand aufeinander einprügelten. Blut spritzte quer durch die Kneipe, ich blutete nach einem Fausthieb an der Lippe, während Horstmann eine offene Wunde oberhalb der Augenbraue hatte. Als ein Faustschlag von mir auf einmal knapp an seinem Kopf vorbeiging, packte er mit beiden Händen plötzlich mein rechtes Handgelenk und drehte es brutal nach außen, bis sich schließlich mein rechter Arm ausgestreckt und verdreht hinter meinem Rücken befand.

Anfangs versuchte ich noch verzweifelt, mich aus seinem harten Griff zu befreien, als die Schmerzen aber immer unerträglicher wurden, schrie ich ihn nur noch an, dass er mich endlich loslassen solle. Anstatt aber genau dieses zu tun und den Griff zu lockern, spürte ich auf einmal oberhalb des Ellenbogens einen gewaltigen Schlag. Ich hörte etwas knacken und wenige Sekunden später durchströmten unsägliche Schmerzen meinen Körper. Ich schrie wie von Sinnen, mein rechter Arm hing unförmig und schlaff an mir herunter, ich konnte ihn nicht mehr bewegen, spürte ihn überhaupt nicht mehr.

Was dann geschah, weiß ich auch nicht mehr so genau, zu beschäftigt war ich mit den unerträglichen Schmerzen, die überhaupt nicht nachlassen wollten. Aus Erzählungen weiß ich nur, dass Friedrich Horstmann wohl schnell die Kneipe verließ und der Wirt umgehend nach unserem Arzt schickte. Ich erinnere mich noch, dass unser Arzt, Doktor Tietjen, schließlich irgendwann in die Kneipe kam, mir als Erstes eine Morphiumspritze gegen die furchtbaren Schmerzen verpasste, mir meinen rechten Arm schiente und, als die Schmerzen endlich etwas nachließen, mich mit einer Pferdekutsche zurück in meine Schmiede beziehungsweise in mein Bett bringen ließ. In meiner

Schmiede besuchte er mich dann in den darauffolgenden Tagen fast täglich, er gab mir Spritzen und untersuchte immer wieder gründlich meinen rechten Arm. Als er sich schließlich sicher war, dass die Heilung einigermaßen voranschreiten würde, kam er nur noch einmal die Woche zu mir in die Schmiede. Anfangs hatte ich noch große Schmerzen und konnte nächtelang nicht richtig schlafen, mit der Zeit jedoch ging es mir immer besser.

Arbeiten konnte ich mit meinem gebrochenen Arm natürlich nicht mehr, wochenlang war ich außer Gefecht gesetzt und konnte keinerlei Schmiedearbeiten verrichten. Zum Glück betreibe ich neben meiner Schmiede noch eine kleine Landwirtschaft, ich verkaufte einige Schweine und konnte so, bis der Arm wieder voll einsatzfähig war und ich meiner Arbeit als Schmied nachgehen konnte, einigermaßen von dem Erlös leben. Gut geht es mir allerdings immer noch nicht, der Arm ist zwar wieder in Ordnung, aber ich habe große Schulden beim Eisenhändler und weiß beim besten Willen nicht, wie ich diese in den nächsten Wochen und Monaten bezahlen soll. Ich hoffe inständig, dass er mir aufgrund meiner Armverletzung einen kleinen Aufschub gewährt ...«

»Wie ging es mit Ihnen und Friedrich Horstmann weiter?«, unterbrach auf einmal auch Heinrich Hansen die Erzählungen des Schmiedes. »Haben Sie noch einmal versucht, Ihr Geld von ihm zurückzubekommen? Haben Sie vielleicht die Polizei eingeschaltet?«

Alfred Behrens schüttelte erneut den Kopf.

»Nein, weder das eine noch das andere habe ich getan. Natürlich dachte ich oft darüber nach, habe mich aber nicht dazu durchringen können, diesen Teufel noch einmal aufzusuchen. Zur Polizei bin ich nicht gegangen, da ich letztlich keinerlei Beweise dafür hatte, dass Friedrich Horstmann mir noch Geld für die Hufeisen und Nägel schuldet. Zudem habe ich, wenn ich ehrlich bin, nicht wirklich gerne mit der Polizei zu tun. Eher versuche ich stets, meine Schwierigkeiten und Probleme selbst zu lösen.«

Otto von Weyhe und Heinrich Hansen verzogen bereits zum zweiten Mal innerhalb kürzester Zeit genervt ihre Gesichter. Obwohl der Bremer Polizeidienst schon seit der Franzosenzeit, also seit fast einhundert Jahren, bestens organisiert war und sich im Laufe der Jahrzehnte sogar stetig verbessert und weiterentwickelt hatte, waren Selbstjustiz und eine oppositionelle Meinung bezüglich der Polizei leider immer noch präferierte Ansichten bei einem Großteil der Bremer Bevölkerung.

»Wo waren Sie vorgestern Abend, als der Mord geschah?«, wandte sich Otto von Weyhe schließlich, ohne auf die letzte Bemerkung des Schmiedes näher einzugehen, wieder an Alfred Behrens. »Waren Sie außer Haus?«

Der Schmied schüttelte zum dritten Male an diesem Vormittag nur den Kopf.

»Nein, ich war nicht außer Haus. Vor zwei Tagen verbrachte ich den ganzen Tag in der Schmiede. Zurzeit muss ich jeden Auftrag annehmen, um auch nur annähernd über die Runden zu kommen. Ich begann um fünf Uhr morgens mit der Arbeit und beendete diese um neun Uhr abends. Danach ging ich sofort ins Bett.«

»Gibt es irgendwelche Zeugen dafür?«, fragte Otto von Weyhe noch einmal sichtlich genervt dazwischen.

»Nein, ich war alleine«, erfolgte prompt die Antwort des Schmiedes.

»Natürlich! Wie sollte es auch anders sein!«, grummelte von Weyhe danach kaum hörbar in sich hinein.

Heinrich Hansen und er erhoben sich von ihren Hockern und bedankten sich bei Alfred Behrens für dessen Auskünfte und Gastfreundschaft. Danach verließen sie umgehend die Schmiede, stiegen wieder auf ihre Fahrräder und fuhren in Richtung Westen, um auch den letzten Tatverdächtigen, den Bauern Hermann Meyer aus Arsten, noch an diesem Tage aufzusuchen. Vergrellt und unzufrieden traten die beiden Polizisten in ihre Pedalen, auch das schöne Wetter und die frische Luft vermochten ihre Laune nicht wirklich zu verbessern. Auch dieser Besuch bei Alfred Behrens war letztlich alles andere als von großem Erfolg gekrönt gewesen. Neben den beiden Knechten Wilhelm Stenzel und Johann Schütte war der Schmied nun sogar bereits der dritte Verdächtige, der zur Tatzeit angeblich in seinem Bett gelegen und geschlafen hatte.

Nach wenigen Minuten schon verließen sie den Bremer Stadtteil Osterholz und durchquerten alsbald den benachbarten Stadtteil Vahr. Die Sonne stand nun fast senkrecht am Himmel und schien unerbittlich auf die beiden Polizisten hinab. Otto von Weyhe und Heinrich Hansen schwitzten stark und wünschten sich, wohlwissend, dass sie damit noch ein bisschen warten mussten, nichts sehnlicher, als endlich ihre Uniformen auszuziehen und ein erfrischendes Bad in den heimischen vier Wänden einzunehmen.

Nach gut einer halben Stunde gelangten sie am südwestlichsten Rand der Vahr an die Weser, der sie dann so lange mit ihren Fahrrädern stromaufwärts folgten, bis sie nach gut einer weiteren halben Stunde die Große Weserbrücke erreichten, welche die Bremer Altstadt mit der Halbinsel Teerhof verband.

Otto von Weyhe und Heinrich Hansen stoppten vor der Brücke ihre Fahrräder und begutachteten kurz das prunkvolle Bauwerk. Um den Bremer Bürgern endlich einen Übergang von der Altstadt zur Halbinsel, die sich zwischen dem Fluss und einem ihrer Seitenarme, der so genannten Kleinen Weser, befand, zu gewährleisten, war die Große Weserbrücke sechs Jahre zuvor, im Jahre 1895, eröffnet worden. Aufgrund ihrer kunstvollen Konstruktion und Schönheit war die Brücke schnell ans Herz der Bremer Bevölkerung gewachsen. Trotz ihres noch »jungen Alters« war sie inzwischen sogar schon zu einem Wahrzeichen der Stadt Bremen geworden.

Auch Otto von Weyhe und Heinrich Hansen, die aufgrund des bislang mäßigen Erfolges ihrer Ermittlungen und der kräftezehrenden letzten zwei Tage eigentlich alles andere als einen tieferen Sinn für Kunst und Architektur verspürten, waren mehr als angetan von dieser mit Abstand schönsten Weserbrücke Bremens. Das riesige Bauwerk, welches bei einer Betrachtung aus der Ferne majestätisch auf dem großen Fluss zu thronen schien, war insgesamt 137 Meter lang, zweispurig ausgelegt und besaß eine Hängegurtung, welche auf zwei sandsteinverkleideten Strompfeilern ruhte.

Diese Strompfeiler bildeten eine Stromöffnung von 64 Metern. An ihren Schmalseiten war jeweils ein Löwenkopf aus Sandstein befestigt, so dass zwei Köpfe jeweils weseraufwärts und weserabwärts blickten. Beide Zufahrten zur Brücke waren von je zwei, etwa vier Meter hohen Obelisken flankiert, an denen in der Mitte ein zur Landseite schauender Löwenkopf aus Bronze angebracht war. Diese Obelisken bildeten auch den Beginn der Verstrebungen aus Gusseisen, die das markanteste architektonische Merkmal der Brücke darstellten. Zwischen der Gusseisenkonstruktion verliefen die neun Meter breite Fahrbahn für

Kutschen und, getrennt davon an den Außenseiten der Brücke, die Fußwege.

»Was für ein schönes Kunstwerk!«, dachte Heinrich Hansen nur bewundernd, als sie schließlich die Brücke auf ihren Fahrrädern in Richtung Teerhof überquerten. »Unglaublich, was Menschen alles bauen können ...«

Auf der Halbinsel angekommen, gelangten sie über die so genannte Pfennigbrücke an das Ufer der Kleinen Weser und erreichten so den Bremer Stadtteil Neustadt. In der Neustadt fuhren die beiden Polizisten sogleich zügig der Kleinen Weser in Richtung Osten entlang, bis sie endlich, nachdem sie auch den Stadtteil Habenhausen durchquert hatten, den gewünschten Zielort Arsten, den Wohnort des gesuchten Bauern Hermann Meyer, erreichten.

Mitten in Arsten hielten sie bei der alten St.-Johann-Kirche, dem Wahrzeichen dieses kleinen Bremer Stadtteils, und Otto von Weyhe fragte, sehr zur Verwunderung seines jungen Assistenten, einen Straßenbauer, der zusammen mit einem Kollegen vor der Kirche gerade mit der Ausbesserung einer Straße beschäftigt war, nach dem Weg zum Meyerhof.

Der Straßenbauer unterbrach seine Arbeit und überlegte kurz. Dann tauschte er sich mit seinem Kollegen aus und erklärte schließlich Otto von Weyhe und Heinrich Hansen klar und präzise, wo genau sie zu fahren und abzubiegen hatten, um zum Hof von Hermann Meyer zu gelangen.

Heinrich Hansen war sichtlich beeindruckt von der präzisen Wegbeschreibung des Straßenbauers. Damit hatte er absolut nicht gerechnet. Eher war er davon ausgegangen, dass die beiden Arbeiter dem Kommissär auf seine Frage hin folgende entschuldigende Mitteilung machen würden:

»Nein. Tut uns Leid. Können wir nicht. Wir kommen selbst nicht von hier. Wir arbeiten hier nur.«

Otto von Weyhe dagegen war nicht sonderlich überrascht davon, dass sich gerade zwei Straßenbauer so gut in diesem Bremer Stadtteil auskannten. Er wusste, dass – ähnlich wie in Osterholz – die meisten der knapp 1.700 Arstener und 1.200 Habenhausener Bürger längst nicht mehr nur in der Landwirtschaft tätig waren.

Eine große Einnahmequelle war für viele Bewohner inzwischen das Ziehen von Schiffen auf der Weser, das sogenannte Treideln, zudem waren in den beiden Stadtteilen auch immer mehr Menschen als Steinsetzer und Straßenbauer tätig. Der Beruf des Steinsetzers gehörte in Arsten sogar seit vielen Jahren zu den Lehrberufen, auch eine große Straßenbaufirma hatte hier inzwischen ihren Hauptsitz.

Nachdem sie noch ein paar Minuten strikt nach der Beschreibung des Straßenbauers ihren Weg fortgesetzt hatten, erreichten sie schließlich, ganz im Süden der Hansestadt, in der Nähe der Marsch gelegen, einen großen, alten Bauernhof. Otto von Weyhe und Heinrich Hansen fuhren bei ihrer Ankunft sogleich auf den mit Kopfstein gepflasterten Hof.

Gerade wollten sie von ihren Fahrrädern absteigen und diese an die Außenwand eines Kuhstalles abstellen, als plötzlich ein kleiner Mann mit einem schwarzen Vollbart, einer schwarzen Kniebundhose, einem großen Bauernhut und einer Holzschubkarre, die mit Kuhmist beladen war, aus dem Stalleingang herauskam und die beiden Polizisten überrascht anschaute.

Otto von Weyhe und Heinrich Hansen schauten den Mann im ersten Moment ebenfalls überrascht an. Ehe sie jedoch etwas sagen konnten, ließ der Bauer beim Anblick der uniformierten Polizisten sofort seine Schubkarre fallen und rannte augenblicklich in Richtung des auf dem Grundstück weiter hinten gelegenen Haupthauses davon.

Während Otto von Weyhe eher langsam und schwerfällig von seinem Fahrrad stieg und sichtlich Mühe hatte, rasch und zügig die Verfolgung aufzunehmen, reagierte Kriminalwachtmeister Heinrich Hansen blitzschnell. Behände sprang er von seinem Fahrrad, ließ dieses scheppernd auf die Seite fallen und rannte umgehend dem fliehenden Hermann Meyer hinterher.

»Stehen bleiben! Bleiben Sie stehen! Wir wollen doch nur mit Ihnen reden!«, schrie er dabei dem Bauern immer wieder hinterher, wohlwissend, dass in seiner bisherigen Polizeilaufbahn noch kein Fliehender einer derartigen Aufforderung wirklich Folge geleistet hatte.

Und auch Hermann Meyer setzte seine Flucht fort, ohne in einster Weise das Geschrei des Kriminalwachtmeisters hinter ihm zu beachten. Er rannte an der linken Seite des Haupthauses vorbei und näherte sich einem riesigen Holzverschlag, in welchem zahlreiche Holzscheite, die offensichtlich als Brennholz dienen sollten, gelagert waren. Als er den Verschlag erreichte, bog er blitzschnell um eine Ecke, so dass Heinrich Hansen, der inzwischen aufgeholt hatte und nur noch wenige Meter von dem Fliehenden entfernt war, ihn nun nicht mehr sehen konnte. Der Kriminalwachtmeister blickte sich noch einmal kurz um, um nach seinem Vorgesetzten, Otto von Weyhe, Ausschau zu halten. Doch der Kommissär war nirgendwo zu sehen.

»Wahrscheinlich«, dachte Heinrich Hansen im ersten Moment nur gehässig, »hat er sich kurzerhand dazu entschlossen, lieber auf unsere Fahrräder aufzupassen und so lange dort zu warten, bis ich mit unserem Verdächtigen zu ihm zurückkehre.«

Heinrich Hansen wusste nur allzu gut, dass eine derartige Verfolgungsjagd alles andere als dem Sinn des Kriminalpolizeikommissärs entsprach. Dass Otto von Weyhe allerdings, anstelle den Bauern zu verfolgen, stattdessen lieber auf die Fahrräder aufpasste, glaubte er allerdings auch nicht wirklich.

Schnell erreichte auch der Kriminalwachtmeister den Verschlag. Dort bog er, in Gedanken immer noch mit dem Verbleib seines Chefs beschäftigt, ebenfalls um jene Ecke, hinter der Hermann Meyer vor wenigen Sekunden verschwunden war.

Ehe seine Augen überhaupt erfassen konnten, was sich hinter dem Verschlag befand, spürte er auf einmal einen kräftigen Schlag am Kinn. Heinrich Hansen hatte das Gefühl, als wäre er soeben frontal gegen eine Wand gelaufen. Er registrierte noch, wie seine Beine unter ihm wegsackten, seine Augenlider schwer wurden und er langsam zu Boden sank. Kinn und Kopf begannen zu schmerzen, zudem hatte er das unangenehme Gefühl, jeden Augenblick das Bewusstsein zu verlieren.

Nach ein paar Sekunden, die dem Kriminalwachtmeister wie eine halbe Ewigkeit vorkamen, lichtete sich aber wieder der Nebelschleier vor seinen Augen und Heinrich Hansen konnte, immer noch leicht verschwommen, erkennen, dass der Mann, dem er bis vor kurzem noch hinterhergerannt war, nun direkt vor ihm stand. Er hielt eine Axt mit einem langen Holzstiel in seinen Händen und schaute dem jungen Polizisten alles andere als freundlich ins Gesicht.

»Lassen Sie mich in Ruhe!«, schrie er auf einmal wie von Sinnen, die Axt immer noch bedrohlich in seinen Händen haltend, auf Heinrich Hansen nieder. Das Gesicht des Bauern war tiefrot angelaufen, seine Augen spiegelten gleichermaßen Wut und Angst wider. »Wenn Ihnen ihr Leben lieb ist, dann verschwinden Sie von hier! Ich werde nicht freiwillig wegen dieses Schweines ins Gefängnis gehen! Nie und nimmer! Nur über meine Leiche!«

Hermann Meyer kam langsam auf den immer noch am Boden liegenden Kriminalwachtmeister zu. Heinrich Hansen versuchte verzweifelt, wieder auf die Beine zu kommen und sich der drohenden Gefahr entgegenzustellen, aber es gelang ihm nicht. Schon bei der ersten Belastung sackten seine Beine unter ihm weg und er befand sich wieder auf dem dreckigen Bauernhofboden.

Die bedrohliche Situation spitzte sich für ihn unweigerlich zu und der junge Polizist hatte keine andere Wahl, als innerlich mit dem Leben abzuschließen. Schöne Sequenzen seines Lebens traten wie ein Reflex aus seinem Gedächtnis zutage und erschienen ihm vor dem geistigen Auge.

Plötzlich aber tauchte hinter dem Bauern, wie aus dem Nichts, Kriminalpolizeikommissär Otto von Weyhe auf. Er hielt seine Polizeipistole in der Hand und richtete diese sofort auf Hermann Meyer.

»Lassen Sie sofort die Axt fallen! Oder ich schieße!«, schrie er sogleich aus einigen Metern Entfernung den Bauern an, der zunächst nur stehen blieb und sich verdutzt nach dem Kriminalpolizeikommissär umdrehte. »Fallen lassen! Sofort!«, wiederholte dieser augenblicklich seine Forderung. »Oder ich schieße!«

Nachdem Hermann Meyer zunächst keinerlei Anstalten machte, die Axt in seinen Händen irgendwie fallen zu lassen, zögerte Otto von Weyhe nicht lange. Er richtete seine Pistole blitzschnell nach unten und gab einen Warnschuss kurz vor die Füße des Bauern ab. Schwarzer Sand spritzte auf, nachdem sich die

Kugel rasch ihren Weg in das dunkle Erdreich gebahnt hatte.

»Fallen lassen!«, erhob der Kommissär noch einmal energisch und zielgerichtet seine Stimme gegenüber dem Bauern. »Das ist jetzt die letzte Warnung! Ich werde schießen!«

Hermann Meyers Augen wanderten umher. Er schaute auf Otto von Weyhe. Auf dessen Pistole. Auf den benommen am Boden liegenden Heinrich Hansen. Dann auf die Axt in seinen Händen.

Schließlich legte er, nach kurzem Überlegen, endlich die Axt vor sich auf den Boden, hob resignierend die Hände in die Höhe und sagte nur:

»Bitte tun Sie mir nichts! Ich gebe auf! Bitte nicht schießen!«

*Weideland in Afrika*

# VI

Als »Omunahange« von seinem Ausritt heimkehrte und mit seinem Pferd wieder in Richtung Farm zurückritt, dämmerte es bereits. Er hielt kurz an, nahm die Zügel in die linke Hand, wischte sich mit der rechten den Schweiß von der Stirn und setzte danach sein Pferd wieder in Bewegung.

Den ganzen Tag schon war er in der Hitze auf den schier endlosen Weideflächen unterwegs gewesen. Bereits kurz nach Sonnenaufgang hatte er sich auf den Weg gemacht, um den gesamten Viehbestand der Farm zu kontrollieren und allgemein einmal in der Umgebung »nach dem Rechten« zu schauen.

Mit dem Ergebnis seines Ausrittes war er insgesamt zufrieden. Außer zwei jungen toten Kälbern, die ganz offensichtlich von einem Raubtier gerissen worden waren, hatten die restlichen Tiere der Farm einen gesunden und wohlgenährten Eindruck auf ihn gemacht.

Als sich »Omunahange« immer weiter dem Hauptgebäude der Farm näherte, wurde er auf einmal stutzig. Er spürte, wie sich seine Nackenhaare aufstellten und ihn ein leichter kalter Schauer durchfuhr. Augenblicklich signalisierte er seinem Pferd mit einem kurzen Straffziehen der Zügel, dass es sofort anzuhalten hatte. Sein Blick blieb auf etwas Langem, Dunklem haften, das links vor dem zentralen Farmgebäude ausgestreckt und regungslos auf dem Boden lag. Hektisch setzte »Omunahange« sein Pferd wieder in Bewegung. Dabei hoffte er inständig, dass er sich geirrt hatte, dass ihm seine Augen aufgrund der großen Entfernung letztlich nur einen üblen Streich gespielt hatten. Je näher er sich aber seiner Farm beziehungsweise dem am Boden liegenden dunklen Etwas näherte, desto trauriger wurde die Gewissheit für ihn: Er hatte sich leider nicht geirrt!

Schnell brachte er sein galoppierendes Pferd mit einem strammen Zügelruck auf der Farm zum Stehen, stieg aus dem Sattel und rannte sofort zur linken Seite des Hauptgebäudes. Dort angekommen, beugte er sich blitzschnell über einen einheimischen Schwarzen, einen Hererohirten, der leblos und blutüberströmt auf der Erde lag und allem Anschein nach nicht mehr unter den Lebenden weilte.

Zitternd fasste »Omunahange« an den Hals des Einheimischen, um zu fühlen, ob dieser vielleicht doch noch lebte. Das Gesicht des Herero war blutüberströmt und fast bis zur Unkenntlichkeit entstellt. Seine Nase war schief und offensichtlich mehrfach gebrochen, zudem klafften auf der Stirn und unter dem rechten Auge zwei große, offene Wunden.

»Wie konnte er diesem Menschen nur so etwas

antun«, schoss es »Omunahange« nur durch den Kopf, als er seine Hand zurückzog und zu seiner Erleichterung feststellte, dass der Einheimische trotz der schweren Kopfverletzungen zumindest noch am Leben war. »So viel sinnlose Brutalität und Gewalt ...«

Seine Gedanken wurden jäh unterbrochen, als er im Innern des Gebäudes auf einmal jemanden schreien hörte. Eine Frau, der Sprache nach ebenfalls eine einheimische Herero, schrie laut, hysterisch und schrill um Hilfe.

Blitzschnell rannte »Omunahange« in das Farmgebäude, hastete die Treppe hoch und stürmte direkt zu dem Raum, aus dem die gellenden Hilfeschreie zu hören waren. Ohne Vorankündigung riss er die Tür auf, um kurz darauf starr vor Schreck im Türrahmen stehen zu bleiben und sich im nächsten Moment angeekelt wegzudrehen. Was er dort, in der Mitte des Raumes, sah, erschütterte ihn zutiefst. Innerlich fast platzend vor Wut stürzte er, nachdem er den ersten Schock halbwegs überwunden hatte, wie von Sinnen auf die Mitte des Raumes zu, wo ein weißer Mann eine wild strampelnde und schreiende schwarze Hererofrau brutal am Boden festhielt und gerade mit aller Macht versuchte, ihr die Kleidung vom Leib zu reißen.

»Friedrich, Friedrich, um Gottes Willen, was ist nur in dich gefahren?«, schrie »Omunahange« laut und mit sich überschlagender Stimme seinen auf der Frau liegenden Farmerkollegen an. »Was tust du nur! Bist du wahnsinnig geworden?«

Fest packte »Omunahange« den Mann am Arm und versuchte, da dieser keinerlei Anstalten machte, mit seinem Treiben aufzuhören, ihn mit aller Kraft von der Frau herunterzuziehen. Als es ihm schließlich unter größten Anstrengungen gelang, sprang die von ihrer Last befreite Hererofrau sofort auf und lief angsterfüllt, schreiend und mit zerfetzter Kleidung aus dem Zimmer hinaus. »Omunahange« konnte noch hören, wie sie panisch die Treppe hinuntertrampelte.

Dann spürte er auf einmal einen harten Fausthieb an seiner linken Schläfe. Taumelnd und nahezu benebelt registrierte er noch, wie der ihm wohlbekannte Farmer, den er eben noch von der schwarzen Frau heruntergezogen hatte, sich nun auf ihn stürzte und wild und brutal auf ihn einschlug.

»Was fällt dir ein, du Hurensohn, mich dabei zu stören«, lallte der Mann »Omunahange« lautstark und mit einer mehr als kräftigen Alkoholfahne entgegen. »Ich war gerade dabei, diesem Negerpack Manieren beizubringen! Kommen die beiden doch einfach auf unsere Farm und beschweren sich darüber, dass unser Vieh angeblich auf ihrem Weideland grasen würde. Beide hätten ihre gerechte Strafe erhalten, wenn du mich nicht dabei gestört hättest ...«

Immer wilder und wie von Sinnen schlug der Mann weiter auf den bereits durch den ersten Faustschlag angeschlagenen »Omunahange« ein, der nur noch verzweifelt und instinktiv versuchte, sich irgendwie auf den Beinen zu halten und mit den Händen das Gesicht vor den Angriffen seines Peinigers zu schützen.

Als schließlich aber trotz aller Abwehrversuche eine Faust erneut den Weg zu seiner Schläfe fand, wurde es urplötzlich dunkel um ihn herum und er verlor die Besinnung. Ohnmächtig sackte er zu Boden.

Sein Angreifer ließ augenblicklich von ihm ab, beugte sich allerdings noch einmal kurz und bedrohlich über ihn und starrte ihn volltrunken und hasserfüllt an. Dann machte der Mann auf dem Absatz kehrt, stieß noch kurz einen markerschütternden Schrei in Richtung Zimmerdecke aus und verließ torkelnd das Zimmer ...

Gedankenverloren stand »Omunahange« am Ufer von Swakopmund und starrte hinaus auf die offene See. Der letzte Tag auf deutsch-südwestafrikanischem Boden war angebrochen. Bereits in wenigen Stunden sollte es in die alte Heimat, zurück in das Deutsche Reich, gehen. Mit gemischten Gefühlen ließ er noch einmal einige einschneidende Erlebnisse vor seinem geistigen Auge Revue passieren. Fünf harte und arbeitsreiche Jahre hatte er mit Gottes Hilfe in Deutsch-Südwestafrika überstanden. Hatte sowohl gute als auch schlechte Tage erlebt.

»Der guten«, so hoffte und dachte er inständig, »werde ich gedenken. Die schlechten werde ich hoffentlich schnell vergessen ...«

Spät am Nachmittag stieg »Omunahange« schließlich in Ufernähe in einen der »Leichter« ein, die sich mit ihm und den anderen Insassen alsbald in Richtung des vor der Küste ankernden Dampfschiffes »Admiral« in Bewegung setzten. Eine halbe Stunde später wurde er dann in dem ihm von der Hinfahrt noch wohlbekannten Korb hochgewunden und an Bord gebracht. Während des Hochwindens hörte er, wie an Deck eine Kapelle spielte.

»Genau wie damals im Hamburger Hafen«, dachte er nur, »als ich das Dampfschiff das erste Mal betrat ...«

Mit einem gemischten Gefühl aus einerseits Traurigkeit und Unsicherheit, andererseits aber auch Freiheit und Freude stand »Omunahange« ganz vorn an der Reling des Schiffes und warf einen letzten Blick zurück auf die deutsch-südwestafrikanische Küste. Dann drehte er sich, innerlich stark erregt und aufgewühlt, um, atmete mehrmals tief durch und machte sich anschließend schnell auf den Weg unter Deck. Hier hoffte er, da das Land seiner einstigen Träume dort komplett außer Sichtweite war, seiner Emotionen und Gefühle noch besser Herr zu werden.

Noch während er die Treppe hinunterging, spürte er, wie sich das riesige Dampfschiff, die »Admiral«, langsam in Bewegung setzte.

# VII

Es war bereits früh am Nachmittag des darauffolgenden Tages, als sich Otto von Weyhe und Heinrich Hansen auf der Domsheide dem Untersuchungsgefängnis näherten, welches sich seit einigen Jahren im Gebäude des alten Bremer Gerichtshauses befand. Erschöpft von den Aufregungen und Strapazen der vergangenen Tage hatten die beiden Kriminalbeamten an diesem Vormittag erst einmal ordentlich ausgeschlafen, bevor sie dann gegen Mittag wieder ihrer gewohnten Arbeit nachgegangen waren.

Heinrich Hansen fühlte sich immer noch ein wenig elend, sein Kinn schmerzte und er hatte das Gefühl, als würde in seinem Kopf leise ein riesiger Bienenschwarm vor sich hin summen. Obwohl sein Chef ihn mehrfach dazu ermuntert hatte, sich doch in den nächsten Tagen eine kleine Auszeit zu nehmen, hatte der Kriminalwachtmeister dies immer wieder vehement abgelehnt. Er wollte bei dem Verhör des Arster Bauern, der sich seit gestern Abend in Untersuchungshaft befand, und bei den weiteren Ermittlungen in diesem Mordfall unbedingt weiter dabei sein.

Bevor die beiden Polizisten schließlich das Gerichtshaus betraten und sich in jenen Trakt begaben, in welchem das Untersuchungsgefängnis untergebracht war, schauten sie von außen ehrfurchtsvoll auf das riesige, eindrucksvolle Großbauwerk. Wuchtige Rundtürme, zahlreiche Granitfensterbänke, Halbreliefs, Bogenfenster und Ornamente verzierten kunstvoll die großflächige Gebäudefassade. Weit oben auf einer Balkonbrüstung thronten majestätisch die Standbilder von Kaiser Karl dem Großen und Kaiser Wilhelm I. Auf dem Dachgesims befanden sich mit großem handwerklichen Aufwand aus Sandstein und Kupfer gearbeitete Löwen-, Megären-, Medusen- und Drachenköpfe, die bedrohlich auf ihre Betrachter hinunterschauten.

Otto von Weyhe und Heinrich Hansen waren sichtlich beeindruckt. Auch das Gerichtshaus, das 1895 feierlich eröffnet und von den beiden Oldenburger Architekten Weber und Klingenberg im Stile des Historismus errichtet worden war, gehörte zweifellos zu den großen Sehenswürdigkeiten und architektonischen Meisterleistungen der Stadt Bremen.

Nach dem Betreten des Gerichtshauses suchten die beiden Kriminalbeamten den für das Untersuchungsgefängnis zuständigen Gefängniskommissär auf und erläuterten ihm kurz ihr Anliegen. Dieser führte die beiden daraufhin in einen kleinen fensterlosen Raum, in welchem sich lediglich ein Holztisch und mehrere Stühle befanden. Anschließend wies er sogleich einen

Kollegen an, den Arster Bauern Hermann Meyer aus seiner Zelle zu holen und umgehend in das Verhörzimmer des Untersuchungsgefängnisses zu bringen.

Nach einigen Minuten des Wartens öffnete sich die massive, helle Eichenholztür des Verhörzimmers und Hermann Meyer betrat mit Handschellen gefesselt, dicht gefolgt von einem jungen Polizeidiener mit Pickelhaube und einem silbergeknöpften Uniformrock, den Raum. Seufzend nahm der kleine Bauer mit dem schwarzen Vollbart sogleich auf einem der Holzstühle Platz und rieb sich mit seinen gefesselten Händen zunächst nur müde die Augen. An seinen tiefliegenden, dunklen Augenringen konnte man unschwer erkennen, dass er die letzten Tage und Nächte so gut wie gar nicht geschlafen hatte.

»Wenn Sie Schwierigkeiten haben sollten oder irgendetwas wünschen, dann finden Sie mich draußen. Direkt vor der Tür«, verabschiedete sich der junge Polizeidiener sogleich wieder von Otto von Weyhe und Heinrich Hansen und verließ so schnell, wie er das Verhörzimmer kurz zuvor betreten hatte, auch schon wieder den Raum.

Die beiden Polizisten nickten ihrem Kollegen im Hinausgehen noch freundlich zu, ehe sie ihre Augenpaare direkt auf das Gesicht von Hermann Meyer richteten, der wie ein kleines Häufchen Elend vor ihnen saß und sich immer noch müde, resignierend und nachdenklich die Augen rieb.

Nach einigen Sekunden der Stille nahm der Bauer schließlich die Hände von seinem Gesicht, legte sie vor sich auf den Tisch und begann das Wort zunächst freundlich und entschuldigend an Heinrich Hansen zu richten:

»Es tut mir Leid, Herr Kriminalwachtmeister, dass ich Sie niedergeschlagen habe. Ich wollte ihnen wirklich nichts zu Leide tun, habe extra mit dem Holzstiel der Axt zugeschlagen, um Sie nicht allzu schwer zu verletzen. Ich war einfach in Panik. Die Ereignisse der letzten Tage, Wochen, Monate, Jahre haben einfach zu viele Spuren bei mir hinterlassen. Es wäre schön, wenn Sie mir das glauben und meine Entschuldigung annehmen würden.«

Kriminalwachtmeister Heinrich Hansen schaute Hermann Meyer nach dessen Worten nur skeptisch an, rieb sich einmal kurz über das immer noch schmerzende Kinn und grummelte missmutig etwas Unverständliches in sich hinein. Man sah ihm deutlich an, dass er den entschuldigenden Worten des kleinen Bauern nicht so recht Glauben schenken konnte.

»Herr Meyer«, ergriff schließlich Otto von Weyhe das Wort, »ich denke, Sie wissen, warum Sie hier sind und unter welchem Verdacht Sie stehen?«

Hermann Meyer nickte müde mit dem Kopf.

»Ihnen wird vorgeworfen, den Osterholzer Bauern Friedrich Horstmann am Abend des elften Juli in seinem Herrenzimmer mit einer Lanze brutal ermordet zu haben. Und um es gleich vorwegzunehmen, Herr Meyer: Alles, aber auch wirklich alles spricht derzeit gegen Sie! Sie hatten in der Vergangenheit wiederholt Streit mit Friedrich Horstmann und waren zur Tatzeit am Tatort! Die schwarzen Baumwollreste, die wir am Holzrahmen des geöffneten Herrenzimmerfensters entdeckt hatten, gehören eindeutig zu einer ihrer dunklen Westen, die wir bei der Durchsuchung ihres Hofes sichergestellt haben!«

Hermann Meyer sackte auf seinem Stuhl zusammen und begann am ganzen Körper zu zittern. Auch sein Gesicht wurde kreidebleich, jegliche Farbe entwich ihm von einer Sekunde zur nächsten.

»Ich, ich ... Sie müssen mir glauben ... Herr Kriminalpolizeikommissär, Herr Kriminalwachtmeister ... Ich war es nicht ...!«, versuchte er sogleich stotternd und sichtlich verzweifelt zu den gegen ihn erhobenen Vorwürfen Stellung zu beziehen.

Die beiden Polizisten verzogen bei diesen Worten leicht ihre Mundwinkel, vor allem Otto von Weyhe war anzusehen, dass er Zweifel an deren Wahrheitsgehalt hatte. Zu oft hatte er derartige Unschuldsbeteuerungen im Laufe seines Berufslebens schon gehört.

»Ja, ich gebe zu, dass ich am Dienstagabend auf dem Horstmannhof war«, fuhr der Arster Bauer mit der Beteuerung seiner Unschuld fort. »Ich bin auch durch das geöffnete Fenster geklettert und habe das Herrenzimmer durchsucht. Aber Sie müssen mir glauben: Friedrich Horstmann war bereits tot, als ich das Zimmer betreten habe! Ich habe ihn wirklich nicht ermordet!«

Otto von Weyhe und Heinrich Hansen tauschten einige Blicke aus. Gerade war ihnen ein weiterer kleiner Durchbruch in diesem mysteriösen Mordfall gelungen, da der Hauptverdächtige soeben gestanden hatte, dass er zur Tatzeit am Tatort gewesen war.

»So so, Sie sind zwar zur Tatzeit durch das geöffnete Fenster ins Herrenzimmer geklettert und haben dieses durchwühlt, aber Sie haben Friedrich Horstmann nicht ermordet«, wandte sich Otto von Weyhe wieder an den Verdächtigen. »Könnten Sie mir und meinem Kollegen dann vielleicht einmal erklären, was Sie genau am Dienstagabend auf dem Horstmannhof überhaupt wollten und vor allem, warum Sie noch das Zimmer des Toten nach seinem Ableben durchwühlt haben?« Hermann Meyer senkte erneut den Kopf und blickte nachdenklich auf die vor ihm liegende Holztischkante. Angestrengt schien er darüber nachzudenken, was er diesbezüglich alles erzählen sollte. Nach einigen Sekunden hob er wieder den Kopf, schaute den beiden Polizisten mit seinen dunklen Augen abwechselnd und entschlossen ins Gesicht und begann schließlich zu berichten, was aus seiner Sicht der Dinge für den Beweis seiner Unschuld wichtig war:

»Herr Kriminalpolizeikommissär! Herr Kriminalwachtmeister! Warum ich am Dienstagabend auf dem Horstmannhof war, ist eine lange Geschichte. Sie reicht viele Jahre zurück. Um ganz genau zu sein, zurück bis in das Jahr 1892.«

Otto von Weyhe und Heinrich Hansen hörten dem Bauern aufmerksam zu.

»Wie Sie bestimmt wissen, meine Herren, ist es bei uns in Bremen so üblich, dass ein Bauernhof nicht geteilt wird und nur der jeweils älteste Sohn erbberechtigt ist. Als mein Vater vor ungefähr neun Jahren an den schlimmen Folgen einer Typhuserkrankung verstarb, war die Situation so, dass mein jüngerer Bruder Jacob, weil unsere Mutter auch schon lange tot ist, nicht erbberechtigt war und mir als ältestem Sohn der Hof zustand.

Jacob, mit dem ich mich immer gut verstanden habe, hätte auf meinem Hof selbstverständlich weiter als Knecht arbeiten dürfen, aber auf Dauer wollte er das natürlich nicht. Anfangs versuchte er noch, eine erbberechtigte Bauerntochter zu finden, um irgendwann selbst einmal einen eigenen Hof zu besitzen. Aber die fand er leider nicht. Irgendwann fiel ihm dann ein Flugblatt der Deutschen Kolonialgesellschaft in die Hände, in welchem darum geworben wurde, sich doch in unserer Kolonie Deutsch-Südwestafrika anzusiedeln. Jacob war sofort begeistert von dieser

Idee. Immer wieder wog er die Vor- und Nachteile, welche das Verlassen der geliebten Heimat haben würde und könnte, gegeneinander ab, bis er sich schließlich eines Tages – nach schier endlosen Gesprächen mit mir – dazu entschloss, diesen großen und gewagten Schritt zu gehen. Im Frühjahr 1894 machte er sich zum Hafen von Hamburg auf, um mit einem Dampfschiff die weite Reise nach Deutsch-Südwestafrika anzutreten. Das Geld für die Überfahrt gab ich ihm, so dass Jacob in der glücklichen Lage war, die Fahrt bei der Hamburger Reederei bereits vor Antritt vollständig bezahlt zu haben. In seinem ersten Brief aus Deutsch-Südwestafrika schrieb mir mein Bruder, dass er auf der wochenlangen Schifffahrt einen jungen Bauern kennen gelernt hatte, der aus einem kleinen Dorf, ganz hier in der Nähe, im Süden von Bremen, stammte.

Dieser junge Bursche, Friedrich Horstmann mit Namen, wollte wohl vor allem aufgrund seiner Abenteuerlust in die deutsche Kolonie übersiedeln. Jacob und Horstmann freundeten sich schnell miteinander an, mein Bruder war natürlich überglücklich darüber, dass er jemanden in seinem Alter, und noch dazu hier aus unserer Gegend, gefunden hatte. Anfangs verstanden sich die beiden wohl auch wirklich gut, obwohl mir Jacob auch in seinem ersten Brief schon geschrieben hatte, dass Friedrich Horstmann sehr viel Alkohol trank und mit jedem Glas mehr, das er zu sich nahm, aggressiver und streitlustiger wurde.«

Hermann Meyer machte eine kurze Pause. Er rieb sich mit beiden Händen seine müden Augen, um im Anschluss sogleich wieder mit seiner Erzählung fortzufahren:

»In Deutsch-Südwestafrika angekommen, zogen mein Bruder und Friedrich Horstmann erst einmal monatelang mit geliehenen Tauschwaren und Transportmitteln durch das Land, um von den Einheimischen Vieh zu erwerben. Nach vielen Mühen und Entbehrungen hatten sie eines Tages tatsächlich genug zusammen, um selbst eine Farm zu gründen. Nach anfänglichen Schwierigkeiten betrieben die beiden im Laufe der Jahre dann eine gut funktionierende und ertragreiche Viehwirtschaft. Ich erinnere mich noch genau daran, wie mir mein Bruder eines Tages euphorisch schrieb:

Der liebe Gott ist mit mir in Deutsch-Südwestafrika. Mir hat niemand zu befehlen. Mir mangelt an nichts. Ich bin mein eigener Herr auf eigenem Grund und Boden.«

Erneut machte der Bauer, sichtlich bewegt durch die Erinnerungen an seinen Bruder, eine kurze Pause. Wehmütig strich er sich durch seinen dunklen Vollbart und schaute traurig die links von ihm liegende kahle Wand des Verhörzimmers an. Dann holte er tief Luft, atmete kräftig aus, drehte seinen Kopf wieder zu den beiden Polizisten herum und setzte schließlich seine Erzählung fort.

Otto von Weyhe und Heinrich Hansen hingen weiter aufmerksam und interessiert an seinen Lippen. Beide waren mehr als gespannt darauf zu erfahren, was dem Bruder von Hermann Meyer in der Vergangenheit noch alles widerfahren war und vor allem, welche Rolle Friedrich Horstmann dabei gespielt hatte.

»Wie schon erwähnt, hatten es Jacob und Friedrich Horstmann im Laufe der Jahre mit ihrer Viehwirtschaft in der Kolonie zu beträchtlichem Wohlstand gebracht. Jacob schrieb mir in seinen Briefen immer wieder von ihren großen Reich- und Besitztümern, zum Beispiel von den riesigen Geldsummen, die

Horstmann und er in diesem oder jenem Monat mal wieder eingenommen hatten, oder aber auch von kunstvoll angefertigten Halsketten und Armbändern aus Kupfer, die mein Bruder im Tausch mit den einheimischen Herero oder Nama mal wieder erworben hatte. Trotz des angesprochenen Wohlstandes, bei dem eigentlich alle glücklich und zufrieden hätten sein können, kam es im Laufe der Jahre zu immer heftigeren Streitereien zwischen den beiden Männern. Hauptgründe dafür waren – laut den Aussagen meines Bruders – vor allem die zunehmende Trunksucht, Aggressivität, Niederträchtigkeit und Skrupellosigkeit von Friedrich Horstmann.

Immer häufiger stritten sich Jacob und er wegen Geld oder wichtiger Arbeiten und Aufträge, die Horstmann aufgrund seiner Trunksucht und Faulheit mal wieder nicht erledigt hatte. Gegen Ende ihrer Zeit in Deutsch-Südwestafrika war es letztlich wohl so, dass Friedrich Horstmann, wenn er nicht gerade trank, häufig nur noch in seinem Bett aufzufinden war und sich Jacob allein um sämtliche Angelegenheiten und Aufgaben, welche die Farm betrafen, kümmern musste. Erschwerend kam hinzu, dass es auf einmal, ab dem Jahre 1897, auch verstärkt Probleme und Konflikte mit den einheimischen Herero gab, die im Laufe der Zeit immer heftiger und bedrohlicher wurden.

Wie Sie vielleicht wissen, Herr Kriminalpolizeikommissär, Herr Kriminalwachtmeister, hat es in Deutsch-Südwestafrika seit jeher Unruhen zwischen den einheimischen Stämmen und den Deutschen gegeben. Beginnend schon mit den Jahren 1883, nachdem der Bremer Heinrich Vogelsang im Auftrage des Bremer Kaufmanns und Tabakhändlers Adolf Lüderitz dort für 200 alte Gewehre und 100 englische

Pfund von den einheimischen Nama eine Bucht mit fünf Meilen Hinterland erworben hatte.«

Während Kriminalwachtmeister Heinrich Hansen nach den letzten Worten von Hermann Meyer sichtlich unwissend und unsicher im Raum umherschaute, nickte Otto von Weyhe dem Arster Bauern wohlwissend zu und tat seinerseits sein diesbezügliches Wissen kund:

»Ja, ich erinnere mich noch sehr gut daran. Die ersten Unruhen mit den Nama begannen damals schon mit dem Streit um die Festsetzung der entsprechenden Meilen.«

Kriminalwachtmeister Heinrich Hansen schaute nach den Worten seines Chefs nun noch ratloser drein als zuvor. Er überlegte kurz, ob er sich die Blöße geben und seine Unwissenheit bezüglich der angesprochenen Ereignisse vor den beiden Männern offenbaren sollte, entschloss sich letztlich aber doch dagegen. Vor allem vor Otto von Weyhe, der seinen jungen Assistenten nur zu gern neckte oder mit dummen Sprüchen ärgerte, war es ihm einfach zu peinlich. Sich fest vornehmend, in Zukunft mehr und intensiver die städtische Tageszeitung „Bremer Nachrichten", zu lesen, lauschte er stattdessen weiter den Erzählungen von Hermann Meyer, der nach einer kleinen Pause mit seinem Bericht fortfuhr:

»Richtig, Herr Kriminalpolizeikommissär. Die ersten Unruhen mit den Nama begannen schon mit dem Streit um die entsprechenden Meilen, nachdem bei der Gebietsbeanspruchung die fünfmal längeren deutschen Meilen festgesetzt wurden und nicht etwa die den Nama bekannten englischen Meilen.«

Kurz zeichnete sich auf Heinrich Hansens Lippen ein zaghaftes Lächeln ab. Jetzt wusste auch er, ohne auch nur ein einziges Mal nachgefragt zu haben, endlich über den ominösen »Meilenstreit« Bescheid.

»Seit mein Bruder im Jahre 1894 nach Deutsch-Südwestafrika übergesiedelt war, hatten er und Horstmann immer wieder kleinere Auseinandersetzungen und Zwischenfälle mit den einheimischen Nama und Herero, die sich in der Regel jedoch schnell und unkompliziert wieder beheben ließen. Nachdem 1897 jedoch die Rinderpest und eine große Heuschreckenplage in der Kolonie dafür gesorgt hatten, dass viele Herero urplötzlich verarmt waren und um ihre Existenz kämpfen mussten, da sie im Zuge der Katastrophe teilweise ihren kompletten Viehbestand und damit ihre komplette Versorgungsgrundlage verloren hatten, begannen die Probleme und Konflikte mit ihnen allmählich immer größer und gravierender zu werden.

Nicht zuletzt auch, weil Friedrich Horstmann die Lage dieser bemitleidenswerten Menschen scham- und skrupellos ausnutzte. Während Jacob stets darum bemüht war, den Herero zu helfen, indem er sie beispielsweise gegen eine gerechte Entlohnung auf der Farm arbeiten ließ, war Friedrich Horstmann nur darum bemüht, diese Menschen zu unterdrücken und zu misshandeln.

Wenn er mal nicht seiner Trunksucht nachging oder, wie bereits von mir geschildert, volltrunken in seinem Bett lag, traktierte er die Herero zum Beispiel bei ihrer Arbeit auf der Farm mit brutalen Fußtritten, Faustschlägen oder gar Peitschenhieben. Gelegentlich verlangte er auch von ihnen, dass sie sich flach auf den Boden zu legen hatten, sobald sie ihn kommen sahen, oder dass sie seine dreckigen Stiefel mit der Zunge sauber lecken mussten. Als er schließlich auch noch dazu überging, einige Herero-Frauen anzüglich zu belästigen und – so vermutete es mein Bruder

– zur Liebe mit ihm zu zwingen, wurde die Lage auf der Farm immer prekärer. Wiederholt kam es plötzlich zu nächtlichen Brand- oder gar Mordanschlägen auf der Farm, und selbst Jacob, der die Herero nach eigener Ansicht eigentlich immer gut und respektvoll behandelt hatte, entging einmal nur knapp dem Tod, nachdem er beim Schlafengehen eine Giftschlange, die zweifelsohne nicht von allein dort hingekommen war, noch rechtzeitig unter seiner Bettdecke entdeckt hatte.

Nach heftigen Diskussionen und Streitereien einigten sich Jacob und Friedrich Horstmann Anfang des Jahres 1899, nachdem die Zustände auf der Farm unerträglich geworden waren, schließlich darauf, ihre Zusammenarbeit endgültig zu beenden, ihre gemeinsame Farm in Deutsch-Südwestafrika zu verkaufen und alsbald in den Norden des Deutschen Reiches zurückzukehren. Jacob teilte mir in seinem letzten Brief vor allem seine Freude darüber mit, dass er Anfang Mai endlich ein Schiff besteigen, bald wieder nach Bremen heimkehren und diesen Unmenschen, mit dem er sich damals in seinem jugendlichen Leichtsinn vorschnell eingelassen und angefreundet hatte, für immer los sein würde. Eine riesige Erleichterung konnte ich dabei deutlich aus seinen Worten herauslesen. Ich selbst freute mich damals natürlich unglaublich darüber, dass mein geliebter Bruder schon bald wieder ganz in meiner Nähe sein würde. Nicht ahnend, dass leider alles ganz anders kommen sollte ...«

Hermann Meyer machte erneut eine kurze Pause. Traurig und wehmütig schaute er zur Zimmerdecke empor. Otto von Weyhe konnte erkennen, dass sich auf einmal Tränen in seinen Augen sammelten.

»Was passierte dann?«, fragte Heinrich Hansen

urplötzlich neugierig dazwischen, nicht registrierend, dass der Bauer offensichtlich gerade stark mit seinen Gefühlen und Erinnerungen kämpfte. »Wie ist es Ihrem Bruder und Friedrich Horstmann weiter ergangen?«

Kurz wischte sich der Bauer mit den gefesselten Händen über die feuchten Augen, holte einmal tief Luft und seufzte laut. Dann fuhr er mit zittriger Stimme fort:

»Das Letzte, was ich von meinem Bruder hörte, war, wie schon erwähnt, dass er Anfang Mai des Jahres 1899 ein Dampfschiff besteigen und zurück nach Bremen kommen wollte. Da solch eine Schifffahrt ungefähr vier Wochen dauert, stellte ich mich darauf ein, dass ich Jacob spätestens im Juni 1899 endlich wiedersehen würde. Meine Vorfreude darauf war riesig, schließlich hatte ich meinen Bruder seit fünf Jahren nicht mehr zu Gesicht bekommen. Immer wieder malte ich mir in Gedanken aus, wie er jetzt wohl aussehen oder was er mir aus seiner abenteuerlichen Zeit in Deutsch-Südwestafrika noch alles erzählen würde.

Und natürlich auch, zu wie viel Geld und Wohlstand er es letztlich dort unten gebracht hatte. Eines Tages wurde die Vorfreude auf die Rückkehr meines Bruders allerdings jäh und schmerzhaft unterbrochen, als ich auf einmal, wie aus heiterem Himmel, eines Nachmittages – ich war gerade dabei, die Kuhställe zu säubern – ein Telegramm von einer Hamburger Reederei erhielt. In besagtem Telegramm teilte mir die Reederei kurz und knapp mit, dass man mir leider mitteilen müsse, dass mein Bruder auf einem ihrer Dampfschiffe, auf offener See, auf der Fahrt von Deutsch-Südwestafrika nach Hamburg, in der Nacht vom 26. auf den 27. Mai, über Bord gegangen sei und seitdem vermisst werde. Um die notwendigen Formalitäten zu erledigen und Jacobs Sachen in Empfang zu nehmen, sollte ich doch bitte Mitte Juni nach Hamburg kommen. Abschließend drückte mir die Reederei ihr aufrichtiges Beileid und Mitgefühl bezüglich dieses tragischen Unglücksfalls aus.«

Hermann Meyer hielt sich erneut die gefesselten Hände vor das Gesicht und begann jämmerlich zu schluchzen. Tränen liefen an seinem Gesicht herunter und tropften wie in Zeitlupe auf den Holztisch.

Otto von Weyhe und Heinrich Hansen saßen weiterhin ruhig auf ihren Plätzen, geduldig wartete auch der Kriminalwachtmeister diesmal, bis der Arster Bauer sich wieder beruhigt hatte.

»Herr Kriminalpolizeikommissär, Herr Kriminalwachtmeister«, begann Meyer schließlich weiterzuerzählen, »Sie können sich vielleicht vorstellen, dass ich in der ersten Zeit vor Trauer und Schmerz fast wahnsinnig wurde. Immer wieder war ich mit den Gedanken bei meinem geliebten Bruder.

Immer wieder fragte ich mich, wie und warum so etwas Schreckliches nur passieren konnte. Immer wieder wachte ich nachts schweißgebadet auf, hatte Alpträume und brach auch tagsüber, ob bei der Arbeit oder beim Essen, urplötzlich und wiederholt in Tränen aus. Mitte Juni machte ich mich dann schweren Herzens auf den beschwerlichen Weg nach Hamburg, um alle notwendigen Formalitäten zu erledigen und als sein nächster Angehöriger das gesamte Hab und Gut von Jacob in Empfang zu nehmen. Nach meinem Besuch in der Hamburger Reederei wurde ich allerdings zum ersten Mal etwas stutzig, was den mysteriösen Unfall meines Bruders anging, da man mir mitteilte, dass sich mein Bruder, angeblich schwer angetrunken, eines Nachts zusammen mit Friedrich

Horstmann an Deck begeben habe und dann ohne Fremdeinwirkung über Bord gegangen sei. Friedrich Horstmann, der einzige Augenzeuge dieses Vorfalls, habe daraufhin, nachdem alle Rettungsversuche seinerseits angeblich fehlgeschlagen seien, umgehend den Kapitän des Dampfschiffes von dem Unfall unterrichtet und ihm unter anderem erzählt, dass Jacob an der Reling wohl das Gleichgewicht verloren habe und kopfüber in den Atlantischen Ozean gefallen sei. Der Kapitän habe daraufhin sofort das Schiff stoppen und mit Beibooten nach meinem Bruder suchen lassen.

Nach einigen Stunden sei die erfolglose Suchaktion dann allerdings abgebrochen und die Fahrt fortgesetzt worden. Wie schon erwähnt, machten mich einige Einzelheiten dieses Berichtes schon ein wenig stutzig, unter anderem war es wahrscheinlich schon allein die Tatsache, dass dieser Unmensch Horstmann in jener Nacht zusammen mit Jacob an Deck und letztlich der einzige Augenzeuge dieses Unfalls war. Als mir die Reederei dann die Habseligkeiten meines Bruders übergab, wurde mein Verdacht, dass es bei Jacobs Tod vielleicht doch nicht mit rechten Dingen zugegangen war, noch bestärkt.

Vom großen Reichtum, von welchem mein Bruder in seinen Briefen immer wieder berichtet hatte, war nicht sonderlich viel übrig geblieben. Weder irgendwelche Schmuckstücke noch sonstige ›Reichtümer‹ konnte ich in den mir übergebenen Koffern und Truhen entdecken, als ich seine Sachen bei meiner Rückkehr in Ruhe durchsuchte. Auf zwei Jutebeutel verteilt fand ich lediglich Goldmünzen im Werte von ein paar hundert Mark, wobei man von dieser Summe hier in Bremen nie und nimmer ausreichend Grund und Boden hätte erwerben können, um einen eigenen

Hof zu betreiben. Wochenlang ließ mir die Sache mit Jacobs mysteriösem Unfall einfach keine Ruhe, zu viele Zweifel hatten sich diesbezüglich in meinem Kopf angesammelt. Obwohl ich natürlich wusste, dass ich meinen geliebten Bruder für immer verloren hatte und nichts auf der Welt etwas daran ändern würde, entschloss ich mich eines Tages schließlich doch dazu, Friedrich Horstmann aufzusuchen, um mit ihm über Jacob, ihre Zeit in Deutsch-Südwestafrika und den Unfall auf dem Dampfschiff zu sprechen.

Bei meinem ersten Besuch in Osterholz wurde ich noch respektvoll und nahezu freundlich von Friedrich Horstmann in seinem Herrenzimmer empfangen. Wir saßen ungefähr eine Stunde beisammen, tranken Rum und unterhielten uns über meinen Bruder. Horstmann erzählte mir noch einmal die tragische Geschichte mit Jacobs Unfall, wie er nachts angetrunken an Deck gegangen, über die Reling ins Wasser gefallen und letztlich jeder Rettungsversuch vergeblich gewesen war.

Als ich Horstmann schließlich auf den fehlenden Schmuck und die wenigen hundert Mark ansprach, die ich lediglich bei den Sachen meines Bruders entdeckt hatte, bemerkte ich, dass dieser auf einmal ziemlich unsicher wurde. Er erzählte mir stockend, dass er und Jacob während ihrer letzten Monate in Deutsch-Südwestafrika angeblich derartige Verlustgeschäfte getätigt hätten, unter anderem beim Verkauf der Farm und des dazugehörigen Viehbestandes, dass letztlich für beide nicht viel mehr übrig geblieben sei als nur ein paar hundert Mark. Den Schmuck, von dem mein Bruder in seinen Briefen immer wieder stolz berichtet hatte, habe Jacob angeblich kurz vor seiner Abreise komplett an die einheimischen Herero zurückgegeben, da er Mitleid mit ihnen und ihrer bedauernswerten, notleidenden Lebenssituation gehabt habe. Er selbst, Friedrich Horstmann, habe sich angeblich nie viel aus solchen Schmuckstücken gemacht und demzufolge auch nie welche besessen. Während Horstmann mir all diese abenteuerlichen Geschichten erzählte, schaute ich ihm nahezu ununterbrochen in die Augen.

Und schon nach kurzer Zeit wusste ich, dass meine wochenlangen Zweifel absolut begründet waren. Je länger ich ihm in die kalten Augen sah und seinen Erzählungen lauschte, desto sicherer war ich mir, dass dieser Mann nicht die Wahrheit sprach! Friedrich Horstmann log mich an, was Jacobs Schmuck, Geld und angeblichen Unfall betraf! So sicher ich mir Horstmanns Lügen letztlich aber auch war, beweisen konnte ich es natürlich nicht.

Und so verließ ich schließlich wieder schweren Herzens seinen Hof, ohne meinem erhofften inneren Frieden auch nur annähernd ein Stück näher gekommen zu sein. Wenige Monate später suchte ich Friedrich Horstmann dann noch einmal in Osterholz auf, um meine Zweifel an seinen Erzählungen direkt anzusprechen. Unter anderem hatte ich inzwischen auch herausgefunden, für welch eine unglaublich hohe Geldsumme er den Hof in Osterholz erworben hatte.

Von den paar hundert Mark, die er, ebenso wie Jacob, angeblich nur noch aus seiner Zeit in Deutsch-Südwestafrika übrig hatte, hätte er sich diesen nicht mal annähernd leisten können. So freundlich Friedrich Horstmann mich bei meinem ersten Besuch noch empfangen hatte, so respektlos trat er mir nun beim zweiten Mal gegenüber. Schon nach wenigen Sekunden wurde ich wüst beschimpft und beleidigt, er ließ mich überhaupt nicht richtig zu Wort kommen und strahlte mir gegenüber auf einmal eine unheimliche Aggressivität aus. Nach nur kurzer Zeit war die Unterredung mit ihm, sofern man von solch einer in diesem Zusammenhang überhaupt sprechen konnte, schon beendet. Horstmann zog sich schimpfend und tobend in sein Wohnhaus zurück, schloss die Eingangstür hinter sich zu und ließ mich eingeschüchtert und entmutigt einfach draußen stehen. Ich erinnere mich noch gut daran, wie ich damals traurig mit dem Fahrrad, in der Gewissheit, die Wahrheit wohl niemals zu erfahren, seinen Hof verließ und den Weg zurück nach Arsten antrat.«

»Wenn der zweite Besuch bei Friedrich Horstmann wirklich so schrecklich, frustrierend und erfolglos war, wie Sie es gerade geschildert haben«, schaltete sich auf einmal Otto von Weyhe dazwischen, »warum in Gottes Namen haben Sie ihn dann in den letzten zweieinhalb Wochen noch ganze zweimal auf seinem Hof in Osterholz aufgesucht? Können Sie uns das vielleicht auch einmal erklären, Herr Meyer?«

»Ja, Herr Kriminialpolizeikommissär«, ging der Bauer sogleich auf die Frage ein, »das kann ich Ihnen sogar sehr gut erklären. Wie ich bereits berichtete, war ich nach meinen persönlichen Treffen mit Friedrich Horstmann felsenfest davon überzeugt, dass er mich in vielen Punkten, was meinen Bruder Jacob anging, schlichtweg belogen hatte. Monatelang versuchte ich danach vergeblich, Beweise für seine Lügen zu finden. Ich schrieb zum Beispiel einen Brief nach Deutsch-Südwestafrika, um von dem neuen Eigentümer der Farm den genauen Kaufpreis in Erfahrung zu bringen. Bis heute allerdings habe ich noch keine Antwort darauf erhalten. Mit der Zeit wurde die Situation derart belastend für mich, dass ich am liebsten selbst nach Deutsch-Südwestafrika gereist wäre, um dort die notwendigen Recherchen anzustellen. Aber natürlich konnte ich meinen Hof für eine derart lange Zeit nicht verlassen. Eines Tages jedoch, vor knapp zwei Wochen - ich hatte die Hoffnung eigentlich schon aufgegeben -, wollte es der Zufall so, dass ich, um ein paar wichtige Sachen für mich und meine Arbeit auf dem Hof zu erledigen, mit dem Fahrrad in die Bremer Innenstadt fuhr.

Nachdem ich alles Notwendige erledigt hatte, gelangte ich auf dem Rückweg zufällig durch das alte Bremer Schnoorviertel. Gerade schob ich mein Fahrrad an dem Geschäft eines Goldschmiedes vorbei, als mein Blick auf eine große, kunstvoll verzierte Halskette aus Kupfer fiel, die sich hinter einer großen Schaufensterscheibe befand und dort für eine hohe Summe zum Verkauf angeboten wurde.

Es war unschwer zu erkennen, dass dieser exotisch anmutende Schmuck außerhalb des Deutschen Reiches angefertigt worden war. Zudem konnte ich mich gut daran erinnern, dass Jacob in seinen Briefen mehrfach von derart langen und kunstvollen Kupferhalsketten geschrieben hatte, welche sich die Hererofrauen beim Tragen traditionell mehrfach um den Hals wickeln.

Herr Kriminalpolizeikommissär, Herr Kriminalwachtmeister, meine Neugier war natürlich augenblicklich geweckt. Ich stellte sofort mein Fahrrad an der Ecke des Gebäudes ab, ging in das Geschäft hinein und erkundigte mich sofort bei dem Verkäufer, woher dieses Schmuckstück kam beziehungsweise von wem der Goldschmied es ursprünglich erworben hatte. Anfangs zierte sich der Verkäufer noch etwas, meine Fragen zu beantworten, dann erzählte er mir aber, dass die Halskette ursprünglich vom Volk der Herero angefertigt worden war und demzufolge aus

Deutsch-Südwestafrika stammte. Einige Wochen zuvor hatte sein Chef, der Goldschmied, das Schmuckstück nach einer langen Analyse einem Bauern abgekauft, der, wie schon des Öfteren in der Vergangenheit, eines Tages in das Geschäft gekommen war und die Kette zum Verkauf angeboten hatte. Bei den Worten ›Bauer‹ und ›des Öfteren‹ wurde ich natürlich sofort hellhörig.

Ich bat den Verkäufer noch, mir den Bauern zu beschreiben, und siehe da, die Beschreibung passte eindeutig auf Friedrich Horstmann! Wie von Sinnen rannte ich aus dem Geschäft heraus, schwang mich auf mein Fahrrad und fuhr wutentbrannt direkt nach Osterholz, um Friedrich Horstmann augenblicklich zur Rede zu stellen und ihn auf den Kupferschmuck anzusprechen. Schließlich hatte er mir ja damals erzählt, dass mein Bruder seinen kompletten Schmuck kurz vor der Abreise verschenkt und er selbst nie welchen besessen hatte.

Als ich völlig außer Atem in Osterholz ankam, traf ich Horstmann, augenscheinlich noch etwas angetrunken von der Nacht zuvor, auf einer Bank hinter dem Wohnhaus an. Was dann folgte, ist schnell erzählt. Ich sprach ihn direkt auf seine Lügen beziehungsweise den von ihm verkauften Kupferschmuck beim Goldschmied im Schnoorviertel an, woraufhin er mich sogleich wieder aufs Heftigste beschimpfte, bedrohte und schließlich mit einer Heugabel in der Hand vom Hof jagte.«

»Und dann sind Sie zwei Wochen später noch einmal zurückgekehrt, um Ihren Bruder zu rächen?«, fragte Heinrich Hansen unvermittelt und provozierend dazwischen. »Sie haben Horstmann mit einer Lanze erstochen, haben sein Herrenzimmer durchwühlt und sind danach geflüchtet?«

Hermann Meyer stutzte, überrascht von den plötzlichen und direkten Vorwürfen Heinrich Hansens. Dann schüttelte er nur energisch den Kopf, als er dem jungen Kriminalwachtmeister in die Augen schaute:

»Nein, so war es nicht! So war es absolut nicht! Das müssen Sie mir glauben! So gerne ich es vielleicht auch getan hätte: Ich habe Friedrich Horstmann nicht ermordet!«

»Was hatten Sie dann am Dienstagabend bei ihm zu suchen?«, fragte jetzt auch Otto von Weyhe gezielt bei dem Arster Bauern nach. »Sie müssten aus der Vergangenheit doch gelernt haben, dass die Gespräche mit Friedrich Horstmann sowohl sehr gefährlich als auch reine Zeitverschwendung waren.«

Hermann Meyer schaute gedankenverloren vor sich auf die Tischkante. Man sah ihm deutlich an, dass er angestrengt über etwas nachdachte. Schließlich hob er den Kopf, schaute die beiden Polizisten abwechselnd an und ergriff wieder das Wort:

»Ja, Herr Kriminalpolizeikommissär, natürlich hatte auch ich inzwischen begriffen, dass jegliche Bemühungen meinerseits, mit Friedrich Horstmann in ein vernünftiges Gespräch zu kommen, tatsächlich die reinste Zeitverschwendung waren. Da ich aber natürlich auch wissen wollte, was damals zwischen ihm und meinem Bruder in Deutsch-Südwestafrika und vor allem auf dem Dampfschiff geschehen war, entschloss ich mich schließlich schweren Herzens dazu, eines Nachts nach Osterholz zu fahren und in Friedrich Horstmanns Herrenzimmer einzubrechen, um dort nach Beweisen für seine Untaten zu suchen.

Herr Kriminalpolizeikommissär, Herr Kriminalwachtmeister, ich wusste natürlich, dass ich damit eine Straftat begehe. Aber diese schreckliche Ungewissheit in mir war derart stark und belastend, dass ich damit nie in Ruhe und Frieden hätte weiterleben können.«

Otto von Weyhe und Heinrich Hansen verzogen ihre Gesichter, sagten letztlich aber nichts. Dass jemand angab, einfach keinen anderen Ausweg gewusst zu haben, als eine Straftat zu begehen, hörten beide natürlich nicht gern.

»Ich fuhr also in der Nacht von Dienstag auf Mittwoch, es war, glaube ich, kurz nach Mitternacht, erneut mit dem Fahrrad nach Osterholz, um mein Vorhaben in die Tat umzusetzen. Als ich mich heimlich dem Herrenzimmer näherte, sah ich, dass dort noch Licht brannte. Um zu schauen, ob Horstmann tatsächlich in seinem Zimmer war, schlich ich mich leise an ein von innen geöffnetes Fenster und schaute vorsichtig hindurch.

Mein Blick fiel sofort in eine Ecke des Raumes, wo ich sogleich Friedrich Horstmann mit weit aufgerissenen Augen, verzerrtem Gesicht, blutüberströmt und von einer Lanze durchbohrt entdeckte. Vor dem Toten lag ein kleiner schwarzer Revolver, auch Glasscherben, Papiere und zersplitterte Stühle lagen überall auf dem Boden des Zimmers herum. Ich war beim Anblick der Leiche natürlich zu Tode erschrocken. Schnell rannte ich zurück zu meinem Fahrrad, um umgehend den Heimweg anzutreten, bis ich es mir, trotz des Schocks und meiner Erregung, schon auf dem Sattel sitzend, schließlich doch noch einmal anders überlegte.

Um endlich die Wahrheit über meinen Bruder zu erfahren, musste ich, vor allem jetzt, da der einzige Mensch, der offensichtlich die volle Wahrheit gekannt hatte, nun tot war, einfach mein Vorhaben in die Tat umsetzen und das Herrenzimmer von Friedrich Horstmann nach Beweisen durchsuchen. Ich stieg, immer noch wahnsinnig erregt und aufgewühlt, wieder vom Fahrrad und setzte mich kurz auf einen abgesägten Baumstamm, um langsam den Schock zu verarbeiten und allmählich wieder zur Ruhe zu kommen. Nach einigen Minuten - natürlich war ich noch immer sehr erregt - nahm ich all meinen Mut und meine Entschlossenheit zusammen und näherte mich mit zittrigen Knien wieder dem Herrenzimmer. Durch das geöffnete Fenster kletterte ich schwerfällig in das Innere des Raumes.

Dann begann ich umgehend mit der Durchsuchung des Zimmers. Ich räumte beispielsweise die Bücherregale komplett leer und schaute mir jedes einzelne Buch ganz genau an. Ich untersuchte auch die Bar, die ledernen Sessel, die Couchtische, in der Hoffnung, dort irgendwo ein geheimes Versteck zu finden. Doch ich fand leider nichts dergleichen. Bis ich mir letztlich auch den großen Eichenschreibtisch von Friedrich Horstmann vornahm. Ich schaute mir kurz einige wenige Papiere und Blätter an, die darauf lagen, und ging dann dazu über, die Schubladen zu öffnen.«

»Ist unter den Papieren und Blättern auf dem Schreibtisch vielleicht auch ein geöffneter Brief gewesen?«, unterbrach Otto von Weyhe neugierig den Bauern. »Ein Brief, in welchem mit großen, handgeschriebenen Druckbuchstaben stand:

KOMME SIE AM DIENSTAGABEND BESUCHEN?«

Hermann Meyer bejahte umgehend die Frage:

»Ja, Herr Kriminalpolizeikommissär, genau so einen Brief hatte ich auch in den Händen. Da ich damit aber nichts anfangen konnte, habe ich ihn einfach auf den Boden geworfen und meine Durchsuchung fortgesetzt.«

Otto von Weyhe nickte, offenbar zufrieden mit der erhaltenen Antwort, dem Bauern aufmunternd zu:

»Fahren Sie fort, Herr Meyer.«

»Wie schon erwähnt, nahm ich mir abschließend die Schubladen des massiven Eichenholzschreibtisches vor. Dort entdeckte ich unter anderem wichtige Unterlagen wie zum Beispiel diverse Pachtverträge oder Horstmanns Geburtsurkunde. Und schließlich auch, zu meiner Freude, eine kleine, flache Metallkassette, die mit einem massiven Vorhängeschloss verschlossen war und urplötzlich ein Gefühl des Triumphes in mir aufkommen ließ. Ich war mir ganz sicher, dass sich im Innern dieser Kassette etwas befinden würde, was die Wahrheit über das Schicksal meines Bruders ans Licht bringen und mir dadurch ein wenig inneren Frieden und Ruhe zurückbringen würde.

Da ich das Vorhängeschloss der Metallkassette nicht aufbrechen konnte, klemmte ich sie mir schnell unter den Arm, kletterte damit durchs Fenster und begab mich wieder zurück zu meinem Fahrrad. Euphorisch, und damals noch nicht ahnend, dass meine Euphorie am Ende völlig umsonst gewesen sein sollte, machte ich mich dann wieder auf den weiten Rückweg nach Arsten. Ich erinnere mich noch daran, dass ich unterwegs wie von Sinnen in die Pedalen trat, um so schnell wie möglich zurück nach Hause zu gelangen und das Geheimnis der Metallkassette endlich zu lüften. Bei meinem Hof angekommen, stürmte ich sofort in die Küche und legte die Metallkassette auf einen Tisch.

Dann holte ich mir aus einem Schuppen schnell das passende Werkzeug und brach, mit ein wenig Mühe, das große Vorhängeschloss auf. Mit zittrigen

Händen öffnete ich die Kassette und warf einen erregten Blick hinein.«

Erneut machte Hermann Meyer eine kurze Pause und schaute traurig an die Decke des Verhörzimmers. Otto von Weyhe und Heinrich Hansen guckten ihn weiter erwartungsvoll an. Beide platzten fast vor Neugier.

»So sehr ich auch gehofft hatte«, fuhr der Arster Bauer dann endlich wieder fort, »die endgültige Wahrheit über das Schicksal meines Bruders zu erfahren, so sehr wurde ich erneut enttäuscht, als mir der Inhalt der Metallkassette offenbar wurde. Außer drei Briefen, die nicht von Jacob stammen konnten, da sie erst nach seinem Tod geschrieben wurden, und genau 1.000 Mark in Münzen, befand sich absolut rein gar nichts darin.

Die Briefe, welche ich fand, waren, ähnlich wie der, von dem wir gerade gesprochen hatten, ebenfalls mit handgeschriebenen Großdruckbuchstaben geschrieben und handelten nur kurz und knapp von irgendwelchen Treffen und Verabredungen mit Friedrich Horstmann. Enttäuscht rannte ich damals nach meinem Fund mit der Metallkassette aus dem Wohnhaus hinaus, wie von Sinnen schrie ich meine Enttäuschung aus Leibeskräften aus mir heraus und war schon versucht, die verdammte Kassette samt ihres verdammten Inhalts für immer im Brunnen zu versenken.

Als ich mich, sofern man davon in meinem damaligen Zustand überhaupt sprechen konnte, wieder etwas beruhigte, entschied ich mich schließlich aber dazu, die Metallkassette draußen unter ein paar großen Holzscheiten in meinem Verschlag zu verstecken, um mit dem Geld eventuell noch ein paar intensivere Recherchen in Deutsch-Südwestafrika zu finanzieren. Danach ging ich dann müde, deprimiert und erschöpft zu Bett. Geschlafen habe ich bis heute allerdings so gut wie gar nicht mehr. Zu belastend und schockierend waren einfach die Ereignisse und Geschehnisse in der letzten Zeit.«

Hermann Meyer schaute erneut traurig und resigniert an die Decke des Verhörzimmers, nachdem er seinen Bericht beendet hatte. Tränen sammelten sich wieder in seinen Augen, zudem zitterte er leicht am ganzen Körper.

Da Otto von Weyhe und Heinrich Hansen keine weiteren Fragen mehr an den Arster Bauern hatten, erhoben sie sich von ihren Stühlen und wiesen den jungen Polizisten, der immer noch vor der Tür wartete, an, Hermann Meyer wieder zurück in seine Gefängniszelle zu bringen.

Dann verabschiedeten sie sich kurz beim Gefängniskommissär und verließen – Heinrich Hansen mit einem frohlockenden Grinsen auf dem Gesicht, Otto von Weyhe dagegen sehr nachdenklich – das Untersuchungsgefängnis. Draußen angekommen, gab Otto von Weyhe seinem jungen Kollegen noch die Anweisung, einen Polizeidiener damit zu beauftragen, die Metallkiste sicherzustellen und danach umgehend in sein Büro zu bringen.

»Mach ich doch gerne, Chef!«, nickte Kriminalwachtmeister Heinrich Hansen seinem Chef freundlich und zustimmend zu. »Danach können wir den Fall dann ja wohl auch endlich zu den Akten legen. So sehr Meyer auch seine Unschuld beteuern mag, kein anderer als er kann es letztlich gewesen ein! Er hatte ein Motiv und war zur Tatzeit am Tatort! Dass er nur in das Herrenzimmer eingestiegen ist, Friedrich Horstmann aber nicht ermordet hat, wird ihm kein Richter der Welt glauben!«

Otto von Weyhe blickte nachdenklich auf Heinrich Hansen . Man sah ihm deutlich an, dass irgendetwas in seinem Kopf gerade unglaublich zu arbeiten schien. Statt seinem jungen Kollegen aber zu widersprechen oder etwaige Zweifel an dessen Schlussfolgerungen zu äußern, sagte er lediglich:

»Wahrscheinlich haben Sie Recht, Hansen. Wahrscheinlich haben Sie Recht ...«

# VIII

Es war noch sehr früh am Vormittag, als sich Otto von Weyhe und Heinrich Hansen am darauffolgenden Tag bereits wieder im Büro des Kommissärs trafen, um das weitere Vorgehen im Falle Friedrich Horstmann und Hermann Meyer zu besprechen.

Heinrich Hansen saß seinem Chef gegenüber und blätterte lustlos in einem Gutachten herum, welches Otto von Weyhe am Tag zuvor von der Rechtsmedizin übermittelt worden war. In dem Gutachten stand, dass die Leiche von Friedrich Horstmann zwar intensiv untersucht worden war, letztlich aber nichts Auffälliges entdeckt wurde, was den Täter hätte identifizieren oder überführen können. Sowohl die nähere Betrachtung der Hämatome als auch der Finger des Toten hatte nichts ergeben, so zum Beispiel fand man keinerlei Hautfetzen des Angreifers unter den Fingernägeln von Friedrich Horstmann. Fest stand für den Rechtsmediziner lediglich, dass der Mörder körperlich wohl sehr stark sein musste.

Gähnend legte der junge Kriminalwachtmeister das Gutachten wieder zurück auf den Schreibtisch und schaute seinen Chef, der sich gerade intensiv mit einem Brief aus der vor ihm liegenden Metallkassette beschäftigte, müde und gelangweilt an. Für Heinrich Hansen war der Mordfall schon so gut wie abgeschlossen. Weder der Inhalt der gefundenen Metallkassette noch das Gutachten der Rechtsmedizin gaben konkrete Hinweise auf einen anderen Täter als jenen Hermann Meyer aus Arsten. Hansen war sich absolut sicher, dass der Arster Bauer sowohl der Täter war als auch letztlich für seine Untat schwer bestraft würde.

Kriminalpolizeikommissär Otto von Weyhe hatte seinen massigen, breiten Rücken immer noch über einen der Briefe aus der Metallkassette gebeugt und den Kopf auf die Brust gesenkt. Intensiv schien er jedes Wort, das auf dem grauen Blatt Papier stand, in seine Einzelteile zu zerlegen. Der Brief war vor gut eineinhalb Jahren in Hamburg abgestempelt worden, in großen Druckbuchstaben stand dort geschrieben:

MUSS DRINGEND MIT IHNEN SPRECHEN. KOMME SIE AM MONTAG BESUCHEN. SEIEN SIE ZU HAUSE! ES IST IN IHREM EIGENEN INTERESSE! C. S.

»Nun, Hansen«, sagte er plötzlich, den Kopf immer noch nach unten in Richtung Brief gesenkt, »Sie glauben also, wir verschwenden hier nur unsere Zeit und sollten den Fall endlich abschließen?«

Kriminalwachtmeister Heinrich Hansen zuckte zusammen und stieß kurz einen Laut der Überraschung aus. Konnte sein Chef jetzt neuerdings auch schon Gedanken lesen?

»Ja, Chef, genau das meine ich«, erwiderte er, nachdem er noch kurz über die Sachlage nachgedacht, sich wieder entspannt auf seinem Stuhl zurückgelehnt und die Arme hinter seinem Kopf verschränkt hatte. »Die Beweislage ist eindeutig! Nichts, aber auch gar nichts, außer vielleicht den Unschuldsbeteuerungen des Bauern, deutet darauf hin, dass er die Tat nicht begangen hat.

Für mich ist die Sache klar: Hermann Meyer hat Friedrich Horstmann nach einem heftigen Streit in seinem Herrenzimmer brutal ermordet! Dass er zu so etwas fähig ist, hat er nicht zuletzt gezeigt, als er mich auf seinem Grundstück mit dem Stiel der Axt niederschlug. Auch wenn er noch tausendmal beteuern würde, dass er mir ja eigentlich gar nichts tun wollte, möchte ich mir gar nicht ausmalen, was passiert wäre, wenn Sie nicht rechtzeitig eingegriffen hätten ...«

Otto von Weyhe legte langsam den Brief aus der Hand, hob den Kopf und schaute seinen jungen Kollegen, der sich mit der rechten Hand gerade über das immer noch schmerzende Kinn strich, nachdenklich an.

»Hansen, Sie haben natürlich vollkommen Recht mit dem, was Sie sagen«, bemerkte er schließlich. »Trotzdem gibt es in diesem Mordfall einfach zu viele Unklarheiten und Ungereimtheiten, die mir immer noch arge Zweifel und Kopfzerbrechen bereiten. Hermann Meyer macht auf mich zum Beispiel einen sehr ehrlichen, friedlichen und eher sensiblen Eindruck als den eines gewalttätigen Totschlägers oder gar Mörders. Auch wenn Sie, Hansen, diese Meinung natürlich nach den Erlebnissen mit ihm nicht uneingeschränkt teilen können.«

Missmutig grummelte der junge Kriminalwachtmeister leise und unverständlich etwas in sich hinein. Man sah ihm deutlich an, dass er diesbezüglich tatsächlich vollkommen anderer Meinung war als sein Chef.

»Zudem«, ergriff der Kriminalpolizeikommissär wieder das Wort, »weisen Körper und Gesicht des Bauern letztlich keinerlei Verletzungen auf, was nach dem, was wir im Herrenzimmer an Blutspritzern und Kampfspuren entdecken konnten, doch höchst ungewöhnlich erscheint. Friedrich Horstmann hatte in der Vergangenheit sogar dem bulligen Schmied Alfred Behrens bei einer Kneipenprügelei den Arm gebrochen, und da schafft es dieser kleine Bauer aus Arsten auf einmal, mit ihm zu kämpfen und ihn letztlich zu ermorden, ohne auch nur einen einzigen Kratzer davonzutragen?

Zudem ist es auch ganz offensichtlich, dass Friedrich Horstmann am Abend des Mordes Besuch erwartet hatte. Die Rumflasche, die Gläser und der gefundene Brief aus Bremerhaven weisen unmissverständlich darauf hin. Und wenn Hermann Meyer diesen Brief geschrieben und sein Kommen darin angekündigt hatte, warum hat er ihn dann auf dem Fußboden des Herrenzimmers zurückgelassen und nicht einfach mitgenommen? Der Mörder hätte - trotz aller Hektik - doch zunächst einmal alles getan, um seine Spuren zu verwischen. Und was hat es mit den anderen Briefen und den abgezählten tausend Mark in der Metallkassette auf sich? Und wer ist der Absender des Briefes aus Hamburg? Wer ist ›C. S.‹? Hansen, Sie müssen doch zugeben, dass das alles ziemlich merkwürdig ist, oder?«

Kriminalwachtmeister Heinrich Hansen blickte Otto von Weyhe nach dessen Worten nachdenklich an. Die Sache schien auf einmal doch nicht mehr so klar, wie sie im ersten Moment für ihn gewesen war.

»Aber Chef, wer hätte es denn sonst sein können?«, stellte jetzt auch er noch einmal Überlegungen bezüglich eines anderen Verdächtigen an. »Alma Schmidt kommt ja wohl nicht in Frage, die zierliche Magd wäre zu so einer Tat schon rein körperlich nicht in der Lage gewesen. Ohne wirkliche Alibis sind dann noch die beiden Knechte Wilhelm Stenzel und Johann Schütte, die, genau wie auch der Schmied Alfred Behrens, zur Tatzeit angeblich allein und ohne Zeugen in ihrem Bett waren. Ist es vielleicht einer von den dreien gewesen?«

Otto von Weyhe schaute immer noch etwas skeptisch drein.

»Möglich wäre es natürlich. Ein Motiv für den Mord hätten alle drei gehabt. Letztlich trifft aber sowohl für den Schmied als auch die Knechte zu, was auch schon bei Hermann Meyer merkwürdig erscheint: Alle drei weisen keinerlei Verletzungen oder Spuren eines Kampfes auf! Verdammt, Hansen, ich könnte durchdrehen ... Wir kommen einfach nicht weiter!«

Wütend schlug der Kriminalpolizeikommissär mit der Faust auf seinen Tisch und schaute sich noch einmal unzufrieden die Metallkassette an, die geöffnet vor ihm auf dem Schreibtisch stand. Missmutig legte er, nach einer kurzen Betrachtung, die sich darin befindlichen Münzen zur Seite.

Dann schnappte er sich zum wiederholten Male den im Herrenzimmer gefundenen Brief sowie die anderen drei Briefe aus der Metallkassette. Genervt legte Otto von Weyhe sie wieder vor sich auf den

Schreibtisch, wobei er sie nach dem Datum der Poststempel ordnete.

Im Anschluss daran warfen er und sein Assistent einen erneuten intensiven Blick auf die ominösen Schreiben, die allesamt mit der Hand geschrieben und an Friedrich Horstmann und seinen Hof in Osterholz adressiert waren. Wort für Wort gingen die beiden Kriminalbeamten die vier Briefe durch, erfüllt von der Hoffnung, dort vielleicht jetzt irgendetwas Verdächtiges zu entdecken.

Der erste Brief war jener aus Hamburg, der vor knapp achtzehn Monaten dort abgeschickt worden und der einzige war, der etwas mehr Text und zumindest die Initialen eines Absenders aufwies:

MUSS DRINGEND MIT IHNEN SPRECHEN. KOMME SIE AM MONTAG BESUCHEN. SEIEN SIE ZU HAUSE! ES IST IN IHREM EIGENEN INTERESSE! C. S.

Der zweite Brief wurde schließlich knapp sechs Monate später in Rotterdam abgeschickt. Sein Inhalt bestand aber nur aus einem einzigen Satz:

KOMME SIE IN EIN PAAR TAGEN WIEDER ABENDS BESUCHEN!

Auch Brief drei, abgeschickt vor knapp einem halben Jahr in Wilhelmshaven, bestand nur aus einem einzigen Satz. In großen Druckbuchstaben stand dort geschrieben:

KOMME SIE AM FREITAGABEND BESUCHEN!

Der vierte Brief war schließlich jener aus Bremerhaven mit dem Wortlaut:

KOMME SIE AM DIENSTAGABEND BESUCHEN

Diesen Brief hatten die beiden Kriminalbeamten bereits vor ein paar Tagen bei der Inspektion des Tatorts im Herrenzimmer von Friedrich Horstmann sichergestellt. Auch dieses Schreiben, das erst vor wenigen Tagen in Bremerhaven losgeschickt worden war, schauten sich Kriminalpolizeikommissär Otto von Weyhe und Kriminalwachtmeister Hansen wiederum intensiv an, bevor sie sich resignierend auf ihren Stühlen zurücklehnten und ratlos anblickten. Vor allem Otto von Weyhe war anzusehen, dass er innerlich fast platzte vor Wut und Ratlosigkeit. Schimpfend und fluchend erhob er sich schließlich von seinem Stuhl und verließ das Büro, um sich einen Becher Kaffee zuzubereiten.

Heinrich Hansen blieb auf seinem Stuhl sitzen und schaute nachdenklich aus dem Fenster hinaus.

Kurze Zeit später trat Otto von Weyhe wieder ein und setzte sich an seinen Schreibtisch. Gedankenverloren nippte er an seinem Kaffee, blickte hinaus auf den Bremer Roland, der sich im Licht der Sonne majestätisch auf dem Bremer Marktplatz erhob, und ließ die Ereignisse, Entdeckungen und Fakten in diesem Mordfall noch einmal vor seinem geistigen Auge Revue passieren:

»Herrenzimmer ... Friedrich Horstmann ... Jacob Meyer ... Deutsch-Südwestafrika ... Hermann Meyer ... Metallkassette ... Münzen ... Briefe ...«

Plötzlich, als hätte er einen Stromschlag erlitten, sprang der Kommissär wie aus heiterem Himmel von seinem Stuhl auf, stieß einen kurzen, spitzen Schrei aus, schlug mit beiden Fäusten auf die Tischkante und schaute sich noch einmal hektisch die vor ihm liegenden Briefe an.

»Hansen, das ist es! Das ist es!«, schrie er dann unvermittelt und lautstark seinem jungen Kollegen entgegen, nachdem er seinen Blick wieder von den Briefen entfernt hatte. »Wie konnten wir das nur übersehen?! Genau so könnte es gewesen sein!«

Heinrich Hansen, der bei dem heftigen Gefühlsausbruch seines Chefs fast vom Stuhl gefallen wäre, schaute Otto von Weyhe nur ratlos an.

»Äh ... was haben wir denn übersehen, Chef? Wie könnte es denn gewesen sein? Was haben Sie entdeckt?«

»Später, Hansen, später!«, entgegnete der Kommissär daraufhin nur. »Für nähere Erläuterungen fehlt uns leider die Zeit! Wir müssen umgehend handeln! Wenn wir Pech haben, ist es vielleicht sogar schon zu spät! Hansen, bitte begeben Sie sich umgehend zum Telegraphenamt. Geben Sie dort ein Telegramm an jene Hamburger Reederei auf, mit deren Schiff Friedrich Horstmann und Jacob Meyer damals von Deutsch-Südwestafrika zurück ins Deutsche Reich gelangen wollten. Die Reederei soll uns eine Liste aller damaligen Passagiere und Besatzungsmitglieder zuschicken. Ich erwarte die Liste so schnell wie möglich hier auf meinem Schreibtisch!«

»Aber Chef ...«

»Nichts ›aber Chef‹! Tut mir Leid, Hansen, aber, wie schon erwähnt, dürfen wir absolut keine Zeit mehr verlieren! Also machen Sie sich bitte endlich auf den Weg!«

Missmutig und ohne auch nur annähernd eine Ahnung davon zu haben, was sein Chef so »Aufregendes« in den Briefen des toten Friedrich Horstmann entdeckt haben wollte, verließ Heinrich Hansen das Büro des Kommissärs, machte sich umgehend auf dem Weg zum Telegraphenamt und tat, was Otto von Weyhe ihm aufgetragen hatte.

Die Antwort der Reederei ließ tatsächlich nicht lange auf sich warten, nur wenige Stunden später trafen sich die beiden Kriminalbeamten erneut wieder im Büro des Kommissärs, um sich die aus Hamburg telegrafierte Liste näher anzuschauen. Die Hände auf den Schreibtisch gestützt, beugten sich die Männer umgehend darüber und gingen konzentriert jeden Namen einzeln durch.

Otto von Weyhe wurde, im Gegensatz zu Heinrich Hansen, schnell fündig. Er pfiff laut durch die Zähne, wandte seinen Blick umgehend wieder vom Schreibtisch weg und gab seinem jungen, ratlosen Kollegen schließlich neue Anweisungen:

»Hansen, schwingen Sie sich bitte sofort auf Ihr Fahrrad und fahren Sie noch einmal nach Osterholz. Fragen Sie die Magd Alma Schmidt, ob ihr nicht doch noch etwas einfällt, was auf einen unbekannten Besucher in den letzten zwei Jahren hindeuten könnte. Danach kommen Sie bitte wieder umgehend in mein Büro zurück und erstatten mir Bericht. Ich selbst werde mich inzwischen in zivil zur Seemannsmission begeben, um dort beim leitenden Seemannspastor einige Erkundungen einholen. Und wie schon gesagt, Hansen, ist Eile geboten! Ich hoffe inständig, dass uns der Fisch nicht schon vom Haken gegangen und es nicht schon zu spät ist ...«

Kriminalwachtmeister Heinrich Hansen schaute seinen Vorgesetzten noch einmal an, stellte aber, obwohl er immer noch vollkommen ratlos war und im Dunkeln tappte, keine weiteren Fragen mehr, da er genau wusste, dass es vollkommen zwecklos war.

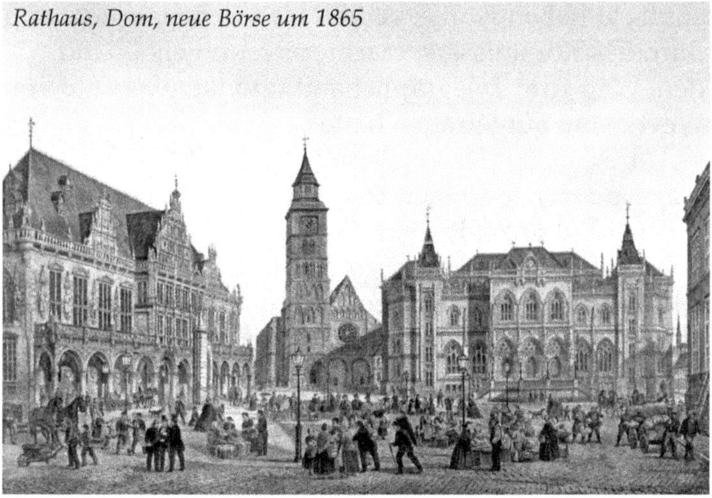

*Rathaus, Dom, neue Börse um 1865*

# IX

Es war bereits kurz vor Mitternacht, als sich Kriminalpolizeikommissär Otto von Weyhe, Kriminalwachtmeister Heinrich Hansen und zwei junge Polizeidiener in der Seemannsmission, im Norden der Bremer Altstadt, im Dunkeln auf die Lauer legten, um auf den mutmaßlichen Mörder von Friedrich Horstmann zu warten.

Heinrich Hansen und Otto von Weyhe lagen unten in einem Etagenbett, während sich die zwei Polizeidiener links und rechts neben der Eingangstür positioniert hatten. Angestrengt lauschten die vier Männer auf den Flur hinaus, doch außer ihren eigenen Atemgeräuschen vernahmen sie nicht sonderlich viel. Die Luft in dem engen, fensterlosen Raum war stickig und drückend. Liebend gern hätten die Kriminalbeamten zwischendurch einmal die Tür geöffnet, um den Raum etwas durchzulüften, doch das Risiko, dadurch vorzeitig entdeckt zu werden, war natürlich viel zu hoch.

Heinrich Hansen lag ausgestreckt auf der harten Matratze seines Etagenbettes, hatte die Hände in den Nacken gelegt und schaute auf das im Dunkeln schemenhaft über ihm schimmernde Bettgestell. Er war müde und ausgelaugt von den Anstrengungen des Tages, allerdings natürlich auch mächtig gespannt darauf, was sich in der heutigen Nacht noch alles Aufregendes ereignen würde.

Sein Vorgesetzter, Otto von Weyhe, hatte sich, was den mutmaßlichen Mörder von Friedrich Horstmann anging, ihm gegenüber weiterhin sehr bedeckt gehalten. Hansen und den beiden Polizeidienern hatte er lediglich erzählt, dass sie in der Seemannsmission auf einen hünenhaften, blonden jungen Mann warteten, den es unter allen Umstanden nach seiner Ankunft in dem Zimmer zu überwältigen galt. Mehrfach hatte der Kriminalpolizeikommissär seine drei Kollegen eindringlich vor dem Mann gewarnt, laut seinen Aussagen war dieser nicht nur übermäßig groß und stark, sondern zudem auch sehr gefährlich und unberechenbar.

Gedankenverloren fasste Heinrich Hansen mit der Hand nach seiner Pistole, um danach noch einmal kurz die Ereignisse des Tages in seinem Kopf Revue passieren zu lassen.

Er erinnerte sich zurück an den Vormittag, als er und Otto von Weyhe im Büro des Kommissärs sowohl die Briefe von Friedrich Horstmann als später auch die Liste der Hamburger Reederei begutachtet hatten. Was, in Gottes Namen, hatte der Kommissär nur entdeckt, was er selbst nicht entdeckt hatte?

Gut, einer der Briefe gab Aufschluss über einen

Unbekannten mit den Initialen »C. S.«. Das war Hansen schon klar. Bei der Durchsicht der Reedereiliste hatte er darauf dann natürlich auch besonders geachtet. Da letztlich aber insgesamt fünf Personen diese Initialen zugeordnet werden konnten, war er, im Gegensatz zu seinem Chef, was die nähere Eingrenzung eines möglichen Verdächtigen betraf, danach auch nicht viel schlauer gewesen als zuvor.

Ja, und dann, im Anschluss daran, hatte ihn sein Chef schließlich – für Hansen völlig überraschend – erneut nach Osterholz geschickt, um Horstmanns junge Magd Alma Schmidt zu befragen.

Auf dem Gesicht des Kriminalwachtmeisters zeichnete sich ein leichtes Lächeln ab, als er sich daran erinnerte, wie erbost er anfänglich über Otto von Weyhe und dessen in seinen Augen mehr als unsinnige Anweisung gewesen war. Nahezu ununterbrochen hatte er auf dem Weg nach Osterholz zunächst lautstark vor sich hin geflucht, bis er schließlich, nach einer guten Stunde, wieder das riesige Anwesen des verstorbenen Bauern mit dem Fahrrad erreicht hatte.

Als er und die junge Magd dann schließlich in der Wohnstube zusammengesessen und gemeinsam ein Glas Magermilch getrunken hatten, war seine schlechte Laune auf einmal wie weggeblasen gewesen. An jenem Abend, vor ein paar Tagen, als er das erste Mal in der Stube gesessen hatte, war ihm – wahrscheinlich aufgrund der damaligen Umstände – absolut nicht aufgefallen, wie hübsch Alma Schmidt eigentlich war. Bei ihrer Befragung hatte er anschließend unheimliche Mühe gehabt, nicht zu stottern oder komplett verlegen zu wirken, so angetan war er auf einmal von dem kleinen, süßen, sympathischen, blonden Wesen gewesen, das ihm gegenüber aufrecht in einem Sessel gesessen, ihn mit seinen blauen, ehrlichen Augen fixiert und ihm schließlich geduldig jede seiner Fragen beantwortet hatte.

Die Befragung der hübschen Alma hatte letztlich ergeben, dass Friedrich Horstmann in der Vergangenheit tatsächlich wohl einmal nachts Besuch von einem Unbekannten gehabt hatte. Nach mehrfachem Überlegen war Alma Schmidt eingefallen, dass sie vor gut einem halben Jahr einmal morgens, beim Aufräumen und Saubermachen des Herrenzimmers, zwei benutzte Rumgläser samt Flasche vom Tisch geräumt hatte. Wenn der verstorbene Bauer also nicht unüblicher Weise selbst zwei Gläser benutzt hatte, so hatte sich allem Anschein nach wohl noch eine zweite Person des Nachts oder späten Abends bei ihm befunden.

Absolut zufrieden mit sich und seiner Arbeit hatte Kriminalwachtmeister Heinrich Hansen den Horstmannhof schließlich wieder verlassen, um schnell wieder mit seinem Fahrrad zurück in die Bremer Innenstadt zu fahren. Neben dem kleinen beruflichen Erfolgserlebnis war er vor allem von einer weiteren Begebenheit begeistert: Obwohl ihm Otto von Weyhe eingebläut hatte, dass in dem Mordfall Friedrich Horstmann absolute Eile geboten war, hatte er sich spontan dennoch dazu durchgerungen, Alma Schmidt zu fragen, ob sie nicht mal Lust auf einen Sonntagsspaziergang mit ihm an der Weser hätte.

Verlegen hatte ihn die junge Magd daraufhin angelächelt und kurz nachgedacht, bevor sie ihm dann ihre Antwort gegeben hatte:

»Sehr gern. Wirklich sehr gern, Herr Kriminalwachtmeister. Morgen würde mir zum Beispiel besonders gut passen!«

Erneut zeichnete sich ein leichtes Lächeln auf dem Gesicht von Heinrich Hansen ab. Auf einmal war er am morgigen Tag mit der jungen, hübschen Magd verabredet. Und er freute sich wirklich sehr darauf ...

Nachdem er schließlich wieder in der Bremer Innenstadt angelangt war und Otto von Weyhe in dessen Büro über seine Ermittlungsergebnisse informiert hatte, war plötzlich alles ganz schnell gegangen.

Otto von Weyhe war nicht sonderlich von dem überrascht gewesen, was Hansen ihm aus Osterholz über die neuen Angaben von Alma Schmidt erzählt hatte. Regungslos hatte er seinem Bericht gelauscht, um ihm im Anschluss daran noch aufgeregt mitzuteilen, dass auch er bei seinem Besuch in der Bremer Seemannsmission die gewünschten Informationen vom leitenden Seemannspastor erfahren hatte und, um auch ganz sicherzugehen, im Anschluss daran noch kurz in einer Apotheke in Hemelingen gewesen war.

»Danach«, hatte er seinem jungen Kollegen in einem letzten Satz mitgeteilt, »war mir endgültig alles klar!«

Kriminalwachtmeister Heinrich Hansen hatte sich zu diesem Zeitpunkt des Tages schon längst nicht mehr die Mühe gegeben, den Worten seines Chefs irgendwie zu folgen geschweige denn in ihnen nach einem tieferen Sinn zu forschen. Obwohl ihm in diesem Mordfall immer noch so gut wie »gar nichts klar« war, hatte er keinerlei Anstalten mehr hinsichtlich einer näheren Aufklärung oder Erläuterung unternommen.

Gehorsam hatte er nur noch, wie sein Chef es ihm aufgetragen hatte, zwei junge Polizeidiener zusammengetrommelt, um sich im Anschluss daran mit ihnen und Otto von Weyhe umgehend zu Fuß auf den Weg zur Bremer Seemannsmission zu begeben.

Dort angekommen – der Fußweg hatte nur etwa zehn Minuten gedauert – hatte sie am Hintereingang sogleich der leitende Seemannspastor in Empfang genommen und ihnen mit leiser Stimme mitgeteilt:

»Er ist noch nicht wieder da. Die anderen Insassen habe ich ausquartiert. Das Zimmer ist jetzt leer. Bitte folgen Sie mir.«

»Tja, und jetzt«, dachte Heinrich Hansen nur, die Augen immer noch über sich auf das metallene Bettgestell gerichtet, »liege ich hier in einem fensterlosen, engen, stickigen, dunklen Raum in einem schmuddeligen Etagenbett und warte. Schon seit Stunden. Auf wen auch immer ...«

Erneut lauschte der junge Kriminalwachtmeister auf den Flur hinaus. Ob der Mann überhaupt kommen würde? Vielleicht hatte er ja Lunte gerochen. War durch irgendetwas misstrauisch geworden und schon längst über alle Berge ...

»Dann«, dachte Heinrich Hansen nur, »war alles umsonst ...«

Es war gegen zwei Uhr morgens, als sich auf dem schmalen Flur der Bremer Seemannsmission schließlich doch noch etwas tat. Angestrengt spitzten die vier Kriminalbeamten die Ohren. In der Ferne waren auf einmal Fußtritte zu hören, die sich immer lauter dem von ihnen besetzten Zimmer näherten.

Urplötzlich war bei den Männern jegliche Müdigkeit verflogen, ihre Herzen begannen zu pochen, der Atem wurde immer schneller und jeder Muskel in ihrem Körper schien sich augenblicklich anzuspannen. Als die Fußtritte verebbten und die Polizisten vernahmen, dass sich der erwartete Besucher nun direkt draußen vor der Zimmertür befinden musste, wuchs die Spannung für die Kriminalbeamten ins Unermessliche.

Heinrich Hansen schwitzte und zitterte am ganzen Körper, als er sah, wie die Tür des Raumes auf einmal laut und energisch aufgerissen wurde und ein riesiger, breitschultriger Mann mit einem Matrosenanzug den Türrahmen nahezu komplett ausfüllte. Schemenhaft konnte der Kriminalwachtmeister die breiten Schultern und muskulösen, tätowierten Oberarme erkennen. Selten zuvor hatte er bisher einen Mann von derart gewaltiger und kräftiger Statur zu Gesicht bekommen.

Ehe der hünenhafte Matrose die Tür des Zimmers wieder hinter sich schließen konnte, waren die beiden Polizeidiener schon aus ihrem Versteck hervorgesprungen und hatten sich je einen Arm des verdutzten Mannes geschnappt, um ihn festzuhalten und an der Flucht zu hindern. Blitzschnell schossen auch Heinrich Hansen und Otto von Weyhe aus ihren Etagenbetten hervor.

»Christian Sütterlin! Im Namen der Bremer Kriminalpolizei sind Sie hiermit verhaftet! Bitte wehren Sie sich nicht! Widerstand ist zweck ...«, ergriff Otto von Weyhe, die Handschellen in der Hand, gerade lautstark das Wort, als ihm einer der Polizeidiener auf einmal wild entgegengeschleudert wurde und ihn fast zu Boden riss.

Das, was der Kommissär geahnt hatte und warum er wohlwissentlich mit Verstärkung in die Bremer Seemannsmission angerückt war, war soeben eingetreten. Der mutmaßliche Mörder von Friedrich Horstmann, ein Matrose Namens Christian Sütterlin, dachte nicht im Traum daran, sich widerstandslos festnehmen zu lassen!

Ehe sich Otto von Weyhe und der ihm entgegengeschleuderte Polizeidiener wieder gefasst hatten, warf der riesige Matrose schon den anderen Polizeidiener mit seinem rechten Arm wie ein lästiges Insekt zur Seite. Krachend flog der Mann gegen die nach innen geöffnete Zimmertür und ging zu Boden, wobei auch er den muskulösen Oberarm des Matrosen losließ. Instinktiv konnte der junge Kriminalbeamte im Liegen allerdings noch einen Fuß des Angreifers erwischen, als dieser sich umdrehte und hastig versuchte, auf den Flur hinauszurennen. Wuchtig und brutal versuchte sich der Mann von dem lästigen Anhängsel loszutreten, doch der junge Polizeidiener hielt den Attacken stand und krallte sich tapfer und hartnäckig an dessen Fußgelenk fest.

Nach wenigen Sekunden erhielt er auch Unterstützung von Heinrich Hansen, der mit einem gewaltigen Satz auf den Rücken des riesigen Mannes sprang und umgehend versuchte, ihn von hinten in den Schwitzkasten zu nehmen. Wild schleuderte der Matrose seinen Kopf nach hinten und versuchte verzweifelt, sich aus dem harten Griff des Kriminalwachtmeisters zu lösen.

Als sich schließlich auch Kriminalpolizeikommissär Otto von Weyhe und der zweite Polizeidiener wieder in das Kampfgeschehen einmischten, war auf dem schmalen Flur der Bremer Seemannsmission nur noch ein riesiges, unkoordiniert um sich schlagendes Menschenknäuel zu sehen.

Inzwischen hatte der Krach auch die anderen Bewohner des Heimes geweckt. Sie alle standen, wie auch der von dem Geschehen völlig entsetzte Seemannspastor, nun vor ihren Zimmern und schauten sich interessiert das ihnen dargebotene Spektakel an. Sie alle konnten aus der Ferne beobachteten, wie der riesige und starke Matrose immer noch wild und brutal um sich schlug und vergeblich versuchte, sich der vier Kriminalbeamten irgendwie zu entledigen. Heinrich Hansen saß immer noch auf seinem Rücken und hielt verzweifelt seinen Hals umklammert, während

Otto von Weyhe und die beiden Polizeidiener mühsam versuchten, den stark nach Alkohol riechenden Mann irgendwie zu Boden zu drücken.

Nach einer gefühlten Ewigkeit gelang es den sichtlich ramponierten Polizisten endlich, den riesigen Mann doch noch zu überwältigen. Einer der Polizeidiener, der inzwischen ein stark geschwollenes Auge hatte, schaffte es, sich ein Bein des Matrosen zu schnappen und ihn damit mühsam aus dem Gleichgewicht zu bringen. Krachend schlug der Hüne mit dem Kopf auf dem steinigen Flurfußboden auf und blieb für einen kurzen Moment benommen liegen. Ohne zu zögern nutzten die Polizisten die Gelegenheit. Schnell drehten sie dem Mann mit vereinten Kräften die muskulösen Arme auf den Rücken und ließen umgehend ein Paar Handschellen um seine Handgelenke ins Schloss fallen.

Anschließend sanken die vier Kriminalbeamte zu Boden, lehnten sich mit ihren Rücken an die kalte Flurwand und atmeten erschöpft durch.

*Bremer Marktplatz und Schütting um 1850*

# X

Die Sonne bahnte sich bereits ihren Weg zum Himmel, als sich Otto von Weyhe und Heinrich Hansen am Sonntagvormittag wieder einmal dem Bremer Gerichtshaus auf der Domsheide näherten, um den in der Nacht zuvor verhafteten Matrosen Christian Sütterlin im Untersuchungsgefängnis aufzusuchen und bezüglich des Mordes an Friedrich Horstmann einschlägig zu verhören. Beide Kriminalbeamte waren noch sehr müde und gezeichnet von den Strapazen der letzten Nacht, sowohl der Kriminalpolizeikommissär als auch der Kriminalwachtmeister hatten dunkle Ringe unter den Augen und fühlten sich, als wären sie tags zuvor von einem übermächtigen Zug überrollt worden. Otto von Weyhe hatte eine aufgeplatzte Lippe und Kratzspuren im Gesicht, während Heinrich Hansen eine verletzte Augenbraue und ein geschwollenes Jochbein aus dem Kampf mit dem bärenstarken Matrosen davongetragen hatte.

Nach dem Betreten des Gerichtshauses suchten die beiden Kriminalbeamten, wie schon zwei Tage zuvor, zunächst den für das Untersuchungsgefängnis zuständigen Gefängniskommissär auf. Nachdem die beiden ihr Anliegen erläutert hatten, führte dieser sie in den kleinen, fensterlosen, den Polizisten wohlbekannten Raum, in welchem vor kurzem bereits der Arster Bauer Hermann Meyer verhört worden war. Danach verließ der Gefängniskommissär den Raum wieder, um zwei Kollegen anzuweisen, den Matrosen Christian Sütterlin aus seiner Zelle zu holen und in das Verhörzimmer des Untersuchungsgefängnisses zu bringen.

Nach einigen Minuten des Wartens öffnete sich die massive, helle Eichenholztür und Christian Sütterlin betrat mit Handschellen gefesselt, dicht gefolgt von zwei jungen, kräftigen Polizeidienern, den Raum. Behäbig sank der große Matrose mit einem dumpfen Stöhnen auf einen der Holzstühle und verbarg sein Gesicht in den gefesselten Händen. Otto von Weyhe und Heinrich Hansen stellten sich ihm kurz vor und warteten im Anschluss geduldig auf eine Reaktion des Mannes. Christian Sütterlin saß nur da und vergrub das Gesicht weiter in seine riesigen Hände.

Drei Minuten vergingen schließlich, ohne dass jemand in dem Raum auch nur irgendetwas sagte. Dann hob der Matrose auf einmal den Kopf und begann leise, mit einem Hauch von Resignation in der Stimme, zu sprechen:

»Meine Herren, es ist mir ein absolutes Rätsel, wie Sie letztlich doch noch auf mich gekommen sind. Schade, wirklich schade. Schon morgen wäre ich in Bremerhaven gewesen, um dort auf einem Schiff nach

Amerika anzuheuern. Gehe ich Recht in der Annahme, dass ich wegen des Todes von Friedrich Horstmann hier sitze?«

Die Kriminalbeamten nickten zustimmend.

»Herr Kriminalpolizeikommissär, Herr Kriminalwachtmeister, Sie müssen mir glauben, dass ich Friedrich Horstmann zwar getötet habe, dass es aber kein Mord, sondern allenfalls Notwehr war. Er wollte mich vergiften und hatte zudem in seinem Herrenzimmer versucht, mich zu erschießen. Da konnte ich einfach nicht anders, als mich mit der Lanze zur Wehr zu setzen ...«

»Darüber wird dann irgendwann das Gericht entscheiden«, warf Otto von Weyhe ungerührt ein. »Aber, Herr Sütterlin, erzählen Sie uns die Geschichte doch bitte von Anfang an. Berichten Sie uns, woher Sie Friedrich Horstmann überhaupt kannten und wie es letztlich zu jenem tragischen Vorfall in seinem Herrenzimmer kommen konnte.«

»Also gut, meine Herren«, ergriff Christian Sütterlin, nachdem er noch einmal kurz über seine Situation nachgedacht hatte, wieder das Wort, »ich werde Ihnen die ganze Geschichte erzählen. Ich denke, es ist in diesem Fall auch für mich am besten, wenn ich die Wahrheit sage. Friedrich Horstmann und ich lernten uns im Jahre 1899 auf einem Dampfschiff kennen, das auf dem Rückweg von Deutsch-Südwestafrika nach Hamburg war. Ich war damals Matrose auf diesem Schiff und kam eines Tages, ich glaube, wir waren etwa eine Woche unterwegs, mit ihm ins Gespräch, als ich gerade Wache hatte. Horstmann torkelte damals angetrunken zu später Stunde zu mir auf das Deck und bot mir einen Schluck aus seiner Rumflasche an. Obwohl uns Seeleuten – vor allem während der Wache – der Genuss von Alkohol strikt untersagt ist, nahm ich sein Angebot ohne zu zögern an. Meine Herren, Sie müssen wissen, dass es mir sehr schwerfällt, dem Alkohol zu widerstehen. So sehr und oft ich es auch in der Vergangenheit versucht habe, das Verlangen danach war letztlich immer stärker als meine guten Vorsätze.

Na, und dann erfuhr ich von Friedrich Horstmann, der mich im Anschluss an unsere erste Begegnung des Öfteren bei meinen Wachen an Deck besuchte, unter anderem, dass er mit einem anderen Siedler, der sich ebenfalls auf dem Schiff befand, in Deutsch-Südwestafrika viel Geld verdient und es zu beträchtlichem Wohlstand gebracht hatte. Den anderen Mann, er hieß Jacob Meyer, bekam ich während unserer Fahrt auf dem Dampfschiff auch das eine oder andere Mal zu Gesicht.

Zumeist war er dann mit Horstmann an Deck und stritt lautstark mit ihm. Worüber sie stritten, bekam ich allerdings nie mit. Eines Nachts schließlich, wir waren schon etliche Tage auf See unterwegs, konnte ich während einer meiner Wachen heimlich beobachten, wie sich Friedrich Horstmann und Jacob Meyer direkt an der vorderen Reling des Schiffes heftig stritten und beschimpften. Lautstark und wild gestikulierend redete Horstmann immer wieder auf seinen ehemaligen Weggefährten ein, dieser jedoch schien schon nach kurzer Zeit nichts mehr von ihm wissen zu wollen. Stattdessen drehte er sich nur noch von dem tobenden Horstmann ab, lehnte sich mit dem Bauch an die Reling und signalisierte ihm immerzu, dass er an einem Gespräch mit ihm absolut kein Interesse mehr hatte. Horstmann gab nicht auf und brüllte lauter auf den Mann ein, doch dieser wand ihm zum Schluss nur noch den Rücken zu und ließ den Tobenden hinter sich in aller Ruhe gewähren. Irgendwann hörte Horstmann dann auf zu brüllen und zu toben, so dass ich dachte, dass sich das seltsame Szenario jeden Augenblick in Luft auflösen würde. Doch anstatt sich umzudrehen und davonzugehen, passierte auf einmal etwas Schreckliches!«

Sütterlin machte eine kurze Pause. Otto von Weyhe und Heinrich Hansen hielten den Atem an. »Friedrich Horstmann«, fuhr der Matrose schließlich fort, »zog auf einmal ein Messer aus seiner Gürtelschnalle, die Klinge konnte ich im Mondlicht gut blitzen sehen, zog den Kopf von Jacob Meyer an den Haaren nach hinten und schnitt ihm mit einer ruckartigen Handbewegung die Kehle durch.

Danach warf er den Toten, bevor dieser überhaupt auf den Boden sinken konnte, blitzschnell über Bord. Fassungslos musste ich anschließend beobachten, wie sich Horstmann an die Reling lehnte und noch ein Weilchen verstreichen ließ, bis er, wie von der Tarantel gestochen, urplötzlich schreiend unter Deck rannte, um den Kapitän über den ›schrecklichen Unglücksfall‹ zu unterrichten. Der Kapitän trommelte anschließend sofort die ganze Besatzung zusammen und ließ uns sofort mit unseren Beibooten nach dem Vermissten suchen. Horstmann hatte ihm erzählt, dass Jacob Meyer stark alkoholisiert an der Reling das Gleichgewicht verloren hatte und deshalb in den Atlantischen Ozean gestürzt war.«

»Warum haben Sie den Vorfall damals nicht aufgeklärt?«, schaltete sich Kriminalwachtmeister Hansen jetzt ein. »Sie haben doch gesehen, dass es kein Unfall, sondern ein kaltblütiger Mord war.«

Christian Sütterlin stützte seinen blonden Kopf in die mit Handschellen gefesselten Hände und blickte hinunter auf seine Füße.

»Nun, meine Herren«, fuhr er schließlich fort,

»wie ich Ihnen ja schon gebeichtet habe, bin ich dem Alkohol nicht sonderlich abgeneigt. Auch in jener Mordnacht war ich alles andere als nüchtern. Da mich der Kapitän bereits ein paar Tage zuvor während einer Wache stark angetrunken erwischt hatte, hätte er mich dieses Mal ganz sicher für den Rest der Fahrt unter Arrest gestellt, sobald ich ihm gegenüber auch nur den Mund geöffnet hätte. Und so entschloss ich mich schließlich zu schweigen. Ich wollte weder Ärger noch sah ich später einen tieferen Sinn darin, Friedrich Horstmann ans Messer zu liefern.«

Heinrich Hansen und Otto von Weyhe verzogen missbilligend das Gesicht, sagten aber nichts. Man sah ihnen deutlich an, dass sie absolut kein Verständnis für das Verhalten des Matrosen hatten.

»Irgendwann«, fuhr Sütterlin fort, » kamen wir dann mit unserem Dampfschiff in Hamburg an und Horstmanns und meine Wege trennten sich erst einmal.

Ich selbst blieb zunächst bei der Hamburger Reederei beschäftigt und heuerte auf verschiedenen Schiffen an. Von dem eigenen, durch meine Fahrten ehrlich verdienten Geld konnte ich lange Zeit ein gutes Leben führen, bis eines Tages allerdings, neben dem Hang zum Alkohol, noch eine zweite verfluchte Leidenschaft von mir Besitz ergriff. Irgendwann lernte ich auf einer weiteren Fahrt von Deutsch-Südwestafrika ins Deutsche Reich meine Vorliebe für das Würfelspiel kennen. Stundenlang spielte ich während unserer Pausen unter Deck mit anderen Besatzungsmitgliedern um Geld oder andere Wertgegenstände und -sachen. Anfangs gewann ich beträchtliche Summen, als wir schließlich jedoch wieder unseren Heimathafen in Hamburg erreichten, besaß ich so gut wie gar kein Geld mehr. Fast alles hatte ich beim

Würfelspiel verloren. Ich war völlig verzweifelt und wusste weder ein noch aus. Bis mir schließlich eine Idee kam, wie ich wieder problemlos und schnell zu Geld kommen konnte. Ein Angestellter der Reederei, der mir noch einen Gefallen schuldete, fand für mich die genaue Anschrift von Friedrich Horstmann, der sich inzwischen in der benachbarten Stadt Bremen niedergelassen hatte, heraus. Nachdem ich die Adresse in den Händen hielt, machte ich mich umgehend ans Werk. Ich schrieb Horstmann einen Brief und kündigte ihm darin meinen Besuch an.

Unterschrieben habe ich den ersten Brief noch mit meinen Initialen, in der Annahme, Horstmann würde sich vielleicht denken können, von wem der Brief stammt und was ihn möglicherweise erwarten könnte. Als ich schließlich ein paar Tage später auf seinem riesigen Anwesen in Bremen erschien und plötzlich vor ihm stand, war er allerdings sichtlich überrascht. Er begrüßte mich zunächst herzlich und bat mich umgehend in sein Herrenzimmer hinein.

Dann tranken wir gemeinsam ein paar Gläser Rum und redeten ausgiebig über unsere gemeinsame Zeit auf dem Dampfschiff. Die Stimmung zwischen uns war anfangs recht ausgelassen und teilweise sogar schon fast herzlich, als ich schließlich jedoch den wahren Grund für meinen Besuch ankündigte, war es auf einmal schlagartig vorbei mit Harmonie und Geselligkeit. Horstmann bekam einen unglaublichen Tobsuchtsanfall, als ich ihm erklärte, dass ich den Mord an Jacob Meyer damals sowohl beobachtet hatte als auch umgehend der Polizei melden würde, wenn er sich nicht bereit erklärte, mir auf der Stelle tausend Mark Schweigegeld zu bezahlen. Ich denke, meine Herren, auch meine kräftige Statur war letztlich, neben meinem Wissen bezüglich des Mordes, wohl ausschlaggebend dafür, dass Horstmann trotz aller Tobereien und Hasstiraden am Ende doch zahlte, anstatt mir gegenüber in irgendeiner Weise gewalttätig zu werden.

Von dem Geld, welches ich von Horstmann erhielt, konnte ich zunächst wieder gut leben. Ich bezahlte davon meinen Alkohol und nahm auf den Fahrten weiterhin unter Deck am Würfelspiel teil. War das Geld dann aber irgendwann wieder alle, schrieb ich Horstmann, wenn ich mal wieder in der Nähe von Bremen war, und kündigte ihm darin mein erneutes Kommen an. Die Summe, die ich von ihm verlangte, war immer dieselbe. Tausend Mark wollte ich stets für mein Schweigen haben. Tausend Mark waren in meinen Augen, wenn ich mir das Anwesen und den Luxus anschaute, in welchem Friedrich Horstmann lebte, absolut nicht zu viel. Und Horstmann zahlte anfangs auch bereitwillig, offensichtlich stellte es ihn auch nicht vor allzu große Probleme, eine derartige Geldsumme irgendwie zu beschaffen. Schon bei meinem zweiten Erscheinen war es so, dass er das Geld abgezählt in einer Metallkassette liegen hatte.«

»Wenn alles immer so glatt lief«, unterbrach Otto von Weyhe die Ausführungen des Matrosen, »was ging denn bei ihrem letzten Treffen vor gut einer Woche schief, dass die Lage dermaßen eskalierte?«

Christian Sütterlin rieb sich kurz die Augen.

»Bei unserem letzten Treffen«, erzählte er weiter, »hatte sich Horstmann allem Anschein nach vorgenommen, auf meine Forderungen nicht mehr einzugehen und mich aus dem Weg zu räumen. Aus Bremerhaven hatte ich ihm Tage zuvor in einem Brief erneut mein Kommen angekündigt. Als ich dann wieder in seinem Herrenzimmer an dem Couchtisch saß, spürte ich schon, dass die Situation dieses Mal anders war als sonst. Horstmann wirkte, im Gegensatz zu den letzten Treffen, ungewöhnlich hektisch und nervös. Nachdem ich auf dem Ledersessel Platz genommen hatte, bot er mir zum Beispiel zweimal ein Glas Rum an, obwohl er meine Trinkgewohnheiten inzwischen gut kannte und ich zudem schon nach dem ersten Mal deutlich bejaht hatte, dass ich gerne ein Glas mit ihm trinken würde.

Horstmann ging schließlich zur Bar, holte eine Flasche Rum und zwei Gläser, stellte diese zwischen uns auf den Couchtisch und nahm mir gegenüber auf einem weiteren Ledersessel Platz. Dann öffnete er die Flasche, schenkte uns beiden ein und stieß gemeinsam mit mir auf die ›guten, alten Zeiten‹ an. Obwohl ich nicht genau wusste, welche ›guten, alten Zeiten‹ wir überhaupt miteinander verbracht haben sollten, erhob ich natürlich mein Glas.

Gerade wollte ich es an die Lippen setzen, als ich urplötzlich innehielt. Friedrich Horstmann, der sonst eigentlich immer als Erstes das Glas am Mund hatte und den Rum gierig hinunterstürzte, zitterte leicht und schaute mich nur erwartungsvoll an. Sein Glas befand sich noch immer weit ausgestreckt vom Körper, in Höhe des Gürtels, in seiner Hand. Dieser kurze Moment des Zögerns hat mir, meine Herren, im Nachhinein wohl das Leben gerettet, denn bevor ich überhaupt noch näher über das merkwürdige Verhalten von Horstmann nachdenken konnte, stieg mir aus meinem Glas auf einmal ein leichter, unangenehmer Bittermandelgeruch in die Nase. Meine Atemwege begannen sich plötzlich zu verengen und mir wurde augenblicklich schwindelig. Was danach geschah, weiß ich nicht mehr ganz genau. Ich erinnere mich noch daran, wie ich mein Glas blitzschnell aus der Hand schleuderte und mich mit letzter Kraft auf Friedrich Horstmann, der inzwischen auch einen Revolver auf mich richtete, stürzte. Wie von Sinnen schlugen wir aufeinander ein, ich erinnere mich noch daran, wie ich ihn immer wieder verzweifelt daran zu hindern versuchte, mit seinem Revolver auf mich zu schießen. Irgendwann schließlich fiel ich nach einem heftigen Schlag zu Boden, da ich zu geschwächt war, um ihm auf Dauer Paroli zu bieten.

Ich bekam kaum Luft, hatte starke Kopfschmerzen und stets das Gefühl, mich jeden Moment übergeben zu müssen. Als ob ich durch einen Schleier schauen würde, konnte ich noch erkennen, dass Horstmann gerade den Revolver, der vor ihm auf den Boden lag, aufheben wollte. Instinktiv mobilisierte ich daraufhin noch einmal alle Kraftreserven. Ich rappelte mich hoch, schnappte mir eine der exotischen Lanzen, die neben mir an der Wand hingen, und stieß sie Horstmann, bevor dieser den Revolver erneut auf mich richten konnte, mit aller Kraft, die mir noch geblieben war, mitten in die Brust.

Friedrich Horstmann stieß einen markerschütternden Schrei aus, sackte in sich zusammen und blieb regungslos in einer Ecke des Raumes liegen. Anschließend flüchtete ich umgehend aus dem Herrenzimmer, geschüttelt von Krämpfen und einem starken Schwindelgefühl. Wie ich es genau geschafft habe, wieder zur Seemannsmission zu gelangen, weiß ich bis heute nicht mehr. Ich weiß nur noch, dass es mir irgendwie gelang. Nicht zuletzt auch, weil mir die frische Luft draußen allmählich eine leichte Linderung verschaffte und zumindest bewirkte, dass ich wieder besser atmen und Luft holen konnte. Trotzdem habe ich in der Seemannsmission anschließend noch zwei Tage elendig krank in meinem Etagenbett gelegen, bis sich mein Zustand glücklicherweise wieder besserte.

Nach und nach erholte ich mich von der Vergiftung und konnte zum Wochenende hin sogar wieder das Bett verlassen. Als Sie mir in meinem Zimmer auflauerten, kam ich gerade aus einer Kneipe, wo ich meine Genesung und meinen vermeintlich letzten Abend in Bremen ausgiebig mit zwei Flaschen Whisky gefeiert und begossen hatte. So, meine Herren, genauso ist das alles gewesen. Wie sie meinem Bericht klar entnehmen konnten, habe ich Friedrich Horstmann letztlich aus reiner Notwehr getötet. Aus reiner Notwehr. Und das, meine Herren, ist die Wahrheit! Die reine Wahrheit! So wahr mir Gott helfe!«

Nachdem Christian Sütterlin zu Ende gesprochen hatte, erhoben sich Otto von Weyhe und Heinrich Hansen müde, aber zufrieden von ihren Stühlen. Sie wiesen die zwei uniformierten Polizeidiener, die während des Verhörs in dem Raum geblieben waren, an, den Matrosen wieder zurück in seine Zelle zu bringen. Anschließend verabschiedeten sie sich vom Gefängniskommissär, um dann das Untersuchungsgefängnis schnell wieder zu verlassen und sich umgehend auf den wohlverdienten Weg nach Hause zu begeben.

*Alte Weserbrücke um 1900*

# XI

Otto von Weyhe saß am nächsten Morgen gut gelaunt in seinem Büro und las, die Schuhe ausgezogen, gemächlich eine Akte, die aufgrund der Ermittlungen im Fall Friedrich Horstmann in der letzten Woche auf seinem Schreibtisch unbearbeitet liegen geblieben war. Genussvoll schlürfte er zwischendurch an seinem Kaffee und schaute aus dem Fenster. Eile war nun nicht mehr geboten. Der Tod Friedrich Horstmanns war lückenlos aufgeklärt und der Täter, Christian Sütterlin, in Gewahrsam.

Entspannt lehnte sich der Kriminalpolizeikommissär in seinem großen Schreibtischstuhl zurück und schaute hinaus auf das Hanseatenkreuz, das sich im Licht der Sonne rot und erhaben vor dem Roland über den Bremer Marktplatz erstreckte.

Gerade, als er seine Akte weiter studieren wollte, klopfte es auf einmal an der Tür und Heinrich Hansen betrat das Büro. Otto von Weyhe unterbrach augenblicklich seine Arbeit, begrüßte seinen jungen Kollegen und bot ihm einen Stuhl an seinem Schreibtisch an. Der Kriminalwachtmeister nahm Platz und schaute seinen Chef neugierig und erwartungsvoll an.

»Chef, ich bin vor allem zu Ihnen gekommen«, ergriff er schließlich das Wort, »weil mir einige Dinge im Falle Friedrich Horstmann, ehrlich gesagt, noch gänzlich unklar sind. So sehr ich auch darüber nachgedacht habe, so komme ich zum Beispiel nicht darauf, wie Sie urplötzlich auf den Matrosen Christian Sütterlin als Täter gekommen sind.«

Otto von Weyhe lehnte sich erneut in seinem Schreibtischstuhl zurück und schaute seinen Assistenten grinsend an.

»Also gut, Hansen«, begann er schließlich seinen Kollegen aufzuklären, »dann will ich Sie mal nicht länger auf die Folter spannen. Wie ich Ihnen gegenüber ja schon erwähnte, hatte ich schon von Anfang an arge Zweifel daran, dass Hermann Meyer der eigentliche Mörder von Friedrich Horstmann ist. Seine ehrliche, aufrichtige Erscheinung und nicht zuletzt die Tatsache, dass er von keinerlei Kampfspuren gezeichnet war, bestärkten mich diesbezüglich in meinem Gefühl. Im Herrenzimmer musste ein großer, heftiger Kampf zwischen Horstmann und einem anderen Mann getobt haben, alles war verwüstet und voller Blut. Und dann sitzt uns dieser kleine Bauer aus Arsten im Verhörzimmer des Untersuchungsgefängnisses völlig unversehrt gegenüber? Nein, das passte in meinen Augen alles nicht wirklich zusammen. Und so begann ich schließlich weiter zu überlegen, wer letztlich noch alles als Mörder von Friedrich Horstmann in Frage kam. Verdächtig waren ja anfangs wirklich viele Personen, wie zum Beispiel die Knechte Johann Schütte und Wilhelm Stenzel oder der Schmied Alfred Behrens. Aber auch für diese drei Verdächtigen galt das Gleiche wie für Hermann Meyer: Alle drei Männer wiesen keinerlei Verletzungen auf. Sowohl mein Bauchgefühl als auch mein Verstand sagten mir deshalb, dass die Lösung in den Briefen zu finden sein musste, die Friedrich Horstmann von einem Unbekannten mit den Initialen ›C. S.‹ in der Vergangenheit regelmäßig erhalten hatte. Das abgezählte Geld in der Metallkassette ließ mich darauf schließen, dass dieser Unbekannte, der in den Briefen immer sein Kommen ankündigte, Horstmann mit aller Wahrscheinlichkeit wohl erpresste. Wer aber war er? Wer war ›C. S.‹? Dieser Gedanke ließ mir einfach keine Ruhe, immer wieder schwirrten die vier Briefe und deren Inhalt in meinem Kopf herum. Bis ich schließlich – wie durch einen Geistesblitz – die entscheidende Entdeckung machte. Die Poststempel waren es, Hansen, die noch eine weitere Person als möglichen Verdächtigen ins Spiel brachten ...«

Hansen schaute seinen Chef sichtlich ratlos an.

»Die Poststempel?«, fragte er nur. »Die Poststempel? Was zum Teufel ist denn daran so auffällig?«

»An den Poststempeln selbst«, erwiderte Otto von Weyhe ein klein wenig amüsiert, »eigentlich gar nichts. Wohl aber an den Orten, aus welchen die Briefe abgeschickt wurden. Der erste kam aus Hamburg, der zweite aus Rotterdam, der dritte aus Wilhelmshaven und der vierte schließlich, den wir ja bereits im Herrenzimmer fanden, wurde aus Bremerhaven abgeschickt.«

Hansen schlug sich auf einmal mit der flachen Hand gegen die Stirn und stöhnte hörbar auf:

»Ja, natürlich ... dass ich da nicht selbst drauf gekommen bin ... alle diese Orte sind ausnahmslos Hafenstädte.«

»Richtig, Hansen«, pflichtete ihm Otto von Weyhe anerkennend bei. »Sowohl Hamburg als auch Rotterdam, Wilhelmshaven und Bremerhaven sind große Hafenstädte. Und diese Tatsache ließ mich vermuten, dass ›C. S.‹ eventuell jemand war, der regelmäßig seinen Lebensunterhalt auf einem Schiff verdiente. Vielleicht ein Matrose? Oder vielleicht sogar ein Kapitän? Was dann folgte, Hansen, war, wie ich zugeben muss, eine Verkettung glücklicher Umstände. Auf der Liste der Hamburger Reederei standen, wie Sie ja bestimmt auch bemerkt haben, insgesamt fünf Personen, denen die Initialen ›C. S.‹ zugeordnet werden konnten. Glücklicherweise waren aber vier davon lediglich Passagiere auf dem Schiff, während nur eine Person der Besatzung des Dampfschiffes angehörte. Und diese eine Person war eben ein Matrose Namens Christian Sütterlin!«

Heinrich Hansen nickte seinem Chef anerkennend zu. Das, was Otto von Weyhe, im Gegensatz zu ihm, in diesem Mordfall alles herausgefunden und geschlussfolgert hatte, nötigte ihm den allerhöchsten Respekt ab.

»Nachdem ich diesen Matrosen schließlich als weiteren möglichen Verdächtigen im Mordfall Horstmann ausfindig gemacht hatte«, fuhr Otto von Weyhe unbeirrt fort, »überlegte ich als Nächstes, wie man diesen Mann, sofern er überhaupt der Täter war und sich noch in Bremen aufhielt, aufspüren konnte. Und da kam mir urplötzlich die Idee mit der Seemannsmission. Wenn Christian Sütterlin wirklich regelmäßig Geld von Friedrich Horstmann erpresst hatte, so schlussfolgerte ich, dann konnte dies ein Anzeichen dafür sein, dass der Matrose davon nicht viel besaß beziehungsweise es immer wieder schaffte, es schnell auszugeben. Und, mein lieber Hansen, wo übernachten arme Seeleute, wenn sie zum Beispiel an Land vor Anker gehen und nicht von geldgierigen Gastwirten und Logierherren ausgenutzt werden möchten?«
Hansens Ehrfurcht vor seinem Chef war ungebrochen.

»Natürlich!«, schoss es sogleich aus ihm heraus. »Die Seeleute versuchen, in einer Seemannsmission unterzukommen!«

»Richtig!«, bestätigte Otto von Weyhe erneut seinen jungen Kollegen. »Sie übernachten in einer Seemannsmission. Als ich dem für die Bremer Seemannsmission in der Altstadt zuständigen Seemannspastor dann die Liste der Hamburger Reederei zeigte und fragte, ob vielleicht gerade jemand, dessen Namen sich auf dieser Liste befand, bei ihm zu Gast war, hatte ich schließlich ein zweites Mal Glück. Der Pastor zeigte sogleich auf den Namen Christian Sütterlin und berichtete mir anschließend, dass dieser junge Matrose seit ungefähr einer Woche bei ihm in der Mission zu Gast sei.

Zudem erzählte er mir, dass der junge Mann am nächsten Tag weiterziehen wolle, sich in den Tagen zuvor wohl stark geprügelt habe und zudem noch sehr krank gewesen sei. Fast zwei komplette Tage habe der hünenhafte Matrose mit blauen Flecken, kleinen Schwellungen und Kratzspuren im Gesicht nur in seinem Bett gelegen und über furchtbare Magenkrämpfe und Atemnot geklagt. Einen Arzt habe er aber, trotz seines schlimmen Zustandes, immer wieder vehement und mit Nachdruck abgelehnt. Spätestens da wusste ich natürlich, dass Christian Sütterlin unser gesuchter Mann war und die Verletzungen im seinem Gesicht ganz sicher von dem Kampf mit Friedrich Horstmann herrührten.

Was aber hatte es letztlich mit den Magenkrämpfen und der Atemnot des Matrosen auf sich? Dass diese von der Prügelei mit Friedrich Horstmann kamen, war höchst unwahrscheinlich. Ich erinnerte mich an den übelriechenden Rumfleck auf dem Fußboden des Herrenzimmers, der stark nach Bittermandel gerochen und welchen ich persönlich als sehr ekelerregend empfunden hatte. Hatte Friedrich Horstmann vielleicht versucht, seinen nächtlichen Besucher heimtückisch zu vergiften? Ich fuhr schließlich noch nach Hemelingen und fragte dort in einer Apotheke nach, ob es vielleicht ein Gift gab, was stark nach Bittermandel riecht und zudem zu Atemnot und Magenkrämpfen führen kann. Und siehe da, die Antwort des Apothekers ließ nicht lange auf sich warten. Blausäure, teilte er mir wie aus der Pistole geschossen mit, würde sowohl nach Bittermandel riechen als auch bei einer Vergiftung zu jenen Symptomen führen, wie ich sie ihm beschrieben hatte. Als Sie, Hansen, mir dann auch noch mitteilten, dass sich die Magd Alma Schmidt daran erinnern konnte, eines Morgens einmal zwei benutzte Rumgläser vom Tisch des Herrenzimmers geräumt zu haben, war die Sachlage eindeutig und der Kreis im Mordfall Horstmann hatte sich endgültig geschlossen.«

Otto von Weyhe hielt kurz inne und nahm einen kräftigen Schluck aus seinem Kaffeebecher.

»Was damals auf dem Dampfschiff allerdings genau passierte«, fuhr er dann fort, »können wir heute nur noch vermuten. Ich denke, dass es bei den Streitereien zwischen Friedrich Horstmann und Jacob Meyer vor allem um Geld ging und dass Jacob Meyer nicht zuletzt deswegen sterben musste. Die Tatsache, dass Hermann Meyer lediglich ein paar hundert Mark in Münzen als Hinterlassenschaft seines Bruders von der Reederei ausgehändigt bekam, lässt darauf schließen, dass sich Friedrich Horstmann nach dem Mord an seinem ehemaligen Weggefährten wohl noch an Bord einen Großteil von dessen Vermögen, unter anderem auch den von Jacob in seinen Briefen beschriebenen Kupferschmuck, unter den Nagel gerissen hatte.«

Otto von Weyhe hielt erneut kurz inne und schaute mit einem zufriedenen Lächeln aus dem Fenster seines Büros.

»Was aber«, wollte der völlig beeindruckte Heinrich Hansen schließlich noch wissen, »hat es mit den abgezählten tausend Mark in der Metallkassette auf sich? Warum hatte Horstmann das Geld überhaupt in seinem Herrenzimmer parat, wenn er doch fest entschlossen war, Christian Sütterlin umzubringen?«

»Ich denke, Hansen«, antwortete Otto von Weyhe nach einigen Sekunden auf die Frage seines jungen Kollegen, »dass sich Horstmann vielleicht bis zum Schluss doch nicht so ganz sicher war, ob er den Konflikt mit diesem bärenstarken Matrosen überhaupt wagen sollte. Wie wir beide ja aus eigener Erfahrung wissen, stellt ein Kampf mit diesem Hünen in der Tat ein starkes gesundheitsgefährdendes Risiko dar, das wohl überlegt sein sollte ...«

Heinrich Hansen nickte seinem Chef nur zustimmend zu, wobei er sich leicht mit den Fingern über seine stark schmerzende Augenbraue und das geschwollene Jochbein strich.

»Und was passiert jetzt mit Sütterlin?«, warf der Kriminalwachtmeister abschließend noch ein. »Zu was wird das Gericht ihn wohl verurteilen?«

Otto von Weyhe lehnte sich zurück und dachte für einen kurzen Augenblick nach.

»Ich vermute«, erwiderte er dann, »dass Christian Sütterlin, obwohl er Friedrich Horstmann letztlich ja nur aus reiner Notwehr getötet hat, in den nächsten Jahren eine längere Zuchthausstrafe im Gefangenenhaus Ostertorwache wird absitzen müssen. Nicht zuletzt auch wegen der erwiesenen Tatsachen der Erpressung und der unterlassenen Benennung des Mörders von Jacob Meyer.«

Heinrich Hansen erhob sich langsam von seinem Stuhl, nickte seinem Chef ein weiteres Mal anerkennend zu, verabschiedete sich kurz von ihm und begab sich schließlich wieder in Richtung Tür. Doch gerade als er das Büro von Otto von Weyhe verlassen und in den Flur hinausgehen wollte, hörte er seinen Chef noch nach ihm rufen:

»Ach Hansen, warten Sie doch noch mal. Bevor ich es vergesse ... Auch ich habe ja noch eine Frage an Sie ...«

Erstaunt drehte sich der Kriminalwachtmeister im Türrahmen um und schaute Otto von Weyhe fragend an.

»Ja, Chef, was möchten Sie denn wissen?«

Otto von Weyhe lehnte sich in seinem Stuhl zurück und lächelte süffisant.

»Ach, eigentlich ist es nicht besonders wichtig, Hansen«, begann er schließlich in einem eigenartigen Tonfall sein Anliegen zu erläutern. »Neugierig, wie ich bin, wollte ich nur einmal nachfragen, wie denn gestern Ihr Weserpicknick mit Alma Schmidt war?«

Heinrich Hansen klappte die Kinnlade herunter und er wurde augenblicklich rot im Gesicht.

»Woher zum Teufel ...«, setzte er zunächst nur an, um im Anschluss daran, nachdem er die erste Überraschung überwunden hatte, schließlich nur zu antworten: »Äh, gut, Chef. Gut. Das Picknick an der Weser war wirklich gut.«

»Schön, Hansen, schön, schön. Freut mich für Sie«, entgegnete Otto von Weyhe daraufhin nur, wobei er immer noch zurückgelehnt in seinem Schreibtischstuhl saß und vor sich hin grinste.

Kriminalwachtmeister Heinrich Hansen ging auf den Flur hinaus und war sichtlich angefressen.

»Woher zum Teufel«, dachte er nur, »weiß von

Weyhe auf einmal von meinem gestrigen Treffen mit Alma? Ich habe es heute Morgen doch lediglich ein paar jungen Kollegen erzählt und strikt darum gebeten, dass sie es für sich behalten sollen ...«

Ärgerlich und in Gedanken ging Heinrich Hansen den Flur entlang. Aus der Vergangenheit wusste er natürlich, dass es auch innerhalb der Bremer Kriminalpolizei keine uneingeschränkte Geheimhaltung gab. Vor allem nicht, wenn es um die Privatangelegenheiten eines Polizisten ging.

»Manchmal«, dachte der Kriminalwachtmeister noch immer vergrellt, »ist es sogar schlimmer, wenn sich zwei Beamte der Bremer Kriminalpolizei zufällig auf dem Flur begegneten und ins Gespräch kamen, als wenn sich ein paar Klatschweiber auf dem Bremer Wochenmarkt treffen ...«

Missmutig ging Heinrich Hansen weiter den Gang entlang. Als er sich allerdings an das Treffen mit Alma Schmidt am Tag zuvor erinnerte, wurde seine Laune sichtlich besser.

»Was war das in der Tat für ein schöner Nachmittag gewesen ...«, dachte er schließlich wehmütig und mit Freude daran zurück.

Fast zwei Stunden hatten er und die süße Alma auf einer dunklen Decke direkt an der Weser gesessen, sich angeregt unterhalten und dabei verschiedenes Obst und Gebäck zu sich genommen. Anschließend waren sie dann noch verliebt und Händchen haltend die Weser entlanggelaufen, hatten sich gemeinsam auf einer Holzbank den romantischen Sonnenuntergang über dem Fluss angeschaut und sich zum Abschied sogar heiß und innig geküsst ...

Hansen wurde flau im Magen, als er an diese tollen und romantischen Momente zurückdachte.

»Ja, und heute Abend«, frohlockte er danach innerlich und errötete im Gesicht, »werde ich die süße Alma auch schon wiedersehen ...«

Kriminalpolizeikommissär Otto von Weyhe legte mit einem zufriedenen Seufzen die Akte, die er soeben durchgearbeitet hatte, zurück auf seinen Schreibtisch, nahm genüsslich einen großen Schluck Kaffee aus seinem Becher und schaute hinaus auf den Bremer Marktplatz. Entspannt ruhten seine Blicke abwechselnd auf dem Bremer Roland und dem Hanseatenkreuz, die beide gerade erhaben in der Sonne glänzten. Nachdem er noch kurz dem zwölfmaligen Läuten der Bremer Domuhr gelauscht hatte, beugte er sich schließlich wieder über seinen Schreibtisch und nahm eine weitere, noch unbearbeitete Akte in die Hand.

## HISTORISCHE FAKTEN / GLOSSAR:

### *Äquatortaufe*

Die Äquatortaufe ist ein weltweit übliches Seemannsritual beim erstmaligen Überqueren der Äquatorlinie auf dem Seewege. Der Brauch hat seinen Ursprung in der Zeit der Entdeckungsreisen der Portugiesen, die beim Überschreiten des gefürchteten Äquators ihren Mut und ihre Gläubigkeit durch eine Taufe bekräftigen wollten (von der Kugelgestalt der Erde waren die Menschen damals noch nicht vollends überzeugt, viele der Seefahrer hatten die Befürchtung, am Äquator in einen Abgrund zu stürzen). Der zu taufende Passagier oder Seemann wird von einem als Neptun maskierten Besatzungsmitglied mit allerlei übelriechenden Stoffen »gereinigt« und erhält eine Urkunde.

### *Altes Bremer Gerichtshaus (Bild S. 90)*

Das alte Bremer Gerichtshaus befindet sich auf der »Domsheide« in der Altstadt Bremens. 1895 wurde es nach den Entwürfen der Oldenburger Architekten Hugo Weber und Anton Klingenberg im Stile des Historismus fertiggestellt, die Standbilder Kaiser Wilhelms I. und Kaiser Karl des Großen auf der Balkonbrüstung erschuf der Bildhauer Karl Gundelach. Ab dem 30. September 1895 waren in dem Gebäude das Amts-, Land- und Handelsgericht, die Staatsanwaltschaft sowie auch das Untersuchungsgefängnis untergebracht. Es ist unzerstört erhalten geblieben.

### *Altes Bremer Stadthaus (Bilder S. 7, 117)*

Von 1819 bis 1908 war die Bremer Polizei/Kriminalpolizei in einem schlichten alten Stadthaus neben dem Bremer Rathaus untergebracht. Da dieses wenig ansehnliche Gebäude um 1900 nicht mehr den räumlichen und repräsentativen Ansprüchen der Stadt genügte und schließlich zu Gunsten des Neuen Bremer Rathauses weichen musste, war die Polizei/Kriminalpolizei ab 1908 in einem nach Plänen des Architekten Carl Börnstein neu erbauten Polizeihaus in der Bremer Altstadt (Am Wall) untergebracht.

### *Arsten / Habenhausen*

Arsten und Habenhausen sind benachbarte Stadtteile, die sich an der linken Seite der Weser im Süden von Bremen befinden. Arsten ist das alte Kirchdorf Obervielands. Der alte Dorfkern mit der St.-Johann-Kirche (um 1250 erbaut, im Jahre 1899 umgebaut) ist bis heute erhalten. Habenhausen wurde im Jahre 1124 erstmals schriftlich erwähnt und war bis 1920 überwiegend dörflich geprägt. In Arsten und Habenhausen arbeiteten die Bürger um 1900 nicht nur in der Landwirtschaft, eine Einnahmequelle war für viele Bewohner zum Beispiel das Ziehen (»Treideln«) von Schiffen auf der Weser. Auch als Steinsetzer und Straßenbauer waren viele Bürger tätig, bedeutende, ehemalige Bremer Straßenbaufirmen hatten hier ihren Ursprung. Um 1900 hatte Habenhausen 1.281 und Arsten 1.717 Einwohner.

### *Attentat auf Kaiser Wilhelm II.*

Am 6. März 1901 besuchte Kaiser Wilhelm II. die Stadt Bremen und wurde bei einem Attentat verletzt. Ein 20-jähriger Schlosser namens Dietrich Weiland warf eine eiserne Lasche auf den Wagen des Kaisers, traf ihn am Jochbein unter dem rechten Auge und verwundete ihn leicht. Drei Monate später wurde Weiland von einem Gericht für unzurechnungsfähig erklärt und in eine Heilanstalt eingewiesen.

### *Blausäure*
Blausäure (Cyanwasserstoff) ist eine farblose bis leicht gelbliche, wasserlösliche Flüssigkeit, die für 60 bis 70 Prozent der Menschen einen unangenehmen Geruch nach Bittermandel hat (30 bis 40 Prozent können diesen Bittermandelgeruch genetisch bedingt allerdings nicht wahrnehmen). Vergiftungen durch Blausäure sind durch Einatmen, eine Aufnahme über den Mund oder Hautkontakt möglich. Symptome für eine Vergiftung sind unter anderem Atemnot, Kopfschmerzen, Schwindel, Erbrechen, Krämpfe und Ohnmacht.

### *Bremer Nachrichten*
Bereits ab dem Jahr 1743 erschienen in der Stadt Bremen die »Bremer Wöchentlichen Nachrichten«. Ab 1854 wurde die Zeitung dann in »Bremer Nachrichten« umbenannt und erschien ab 1871 schließlich auch als Tageszeitung.

### *Bremer Pferde- und Straßenbahn (Bild S. 28)*
Am 12. April 1875 beantragte der Bremer Ingenieur Carl Westenfeld beim Senat die Konzession für eine Pferdebahn vom Herdentor nach Oberneuland. Am 28. März 1876 wurde die Aktiengesellschaft »Bremer Pferdebahn« gegründet, der Westenfeld die Konzession übertrug, die ihm am 7. April 1876 auf 20 Jahre vom Senat erteilt wurde. Am 4. Juni 1876 wurde schließlich die erste Strecke vom Herdentor bis zur Vahrster Brücke eröffnet und 1877 nach Horn verlängert (auf die weitere Verlängerung nach Oberneuland wurde aus Kostengründen verzichtet). Das Konkurrenzunternehmen »Große Bremer Pferdebahn« eröffnete am 3. November 1879 ebenfalls eine Linie, von Hastedt nach Walle, und betrieb seit dem 5. August

1880 auch die Strecke vom Markt zum Buntentor. Beide Gesellschaften bauten ihre Netze in den folgenden Jahren fleißig aus, bis sich die »Bremer Pferdebahn« 1891 in »Bremer Straßenbahn« umbenannte und seine Linien nach und nach auf elektrischen Betrieb umstellte.
Die »Große Bremer Pferdebahn« fuhr zunächst weiter mit Pferden, 1899 wurde sie aber von der »Bremer Straßenbahn« übernommen, die wesentliche Teile ihres Netzes bereits ein Jahr später elektrifizierte. Die Linie im Freihafen wurde weiter mit Pferden betrieben und erst im Jahre 1909 eingestellt.
Mit der Elektrifizierung einer letzten Hastedter Nebenstrecke gab es spätestens ab 1913 in Bremen keine Pferdebahnen mehr. Das Straßenbahnnetz wurde insbesondere bis zum Ausbruch des Ersten Weltkrieges rasch ausgebaut. Im Jahre 1920 wurde schließlich auch erstmals eine Linie nach Osterholz (zum Osterholzer Friedhof) in Betrieb genommen.

### *Bremer Polizei / Kriminalpolizei*

Gegen Ende des 18. Jahrhunderts war der Polizeidienst in Bremen bereits gut organisiert, dem Kriminalgericht und der Polizeidirektion unterstanden insgesamt zehn Polizeidiener, die in der Stadt ihren Dienst erfüllten.
In den bremischen Landgebieten Lehe, Osterholz, Hastedt, Gröpelingen, Arsten, Habenhausen, Huchting und Woltmershausen gab es zudem die Sauvegarden, die vor 1813 noch Vögte, nach 1839 Polizeidiener, nach 1848 wieder Sauvegarden und ab 1854 schließlich Landjäger hießen.
1852 wurde durch eine Kommission für die »Erweiterung der Polizeidienste« gefordert, dass für das Kriminalgericht »besondere Dienste« eingerichtet

werden sollten. Seit 1853 standen dafür ein Polizeikommissär und drei Polizeidiener bereit. 1866 gab es in Bremen dann zwei Ober-Polizeikommissäre und 27 Polizeidiener sowie zwei weitere Polizeikommissäre in Vegesack und Bremerhaven. Ab 1875 wurde in Bremen ein Kriminalpolizeikommissär tätig, was als Gründung der spezialisierten Kriminalpolizei angesehen werden kann. 1881 waren dann zwei Kriminalpolizeikommissäre und sechs Kriminalschutzmänner, ab 1891 schließlich auch 14 Kriminalwachtmeister im Einsatz. Bis 1908 war die Kriminalpolizei im Alten Stadthaus stationiert, wo heute das »Neue Rathaus« steht.

### *Deutsch-Südwestafrika*

Deutsch-Südwestafrika war von 1884 bis 1915 eine deutsche Kolonie auf dem Gebiet des heutigen Staates Namibia. Deutsch-Südwestafrika war die einzige der deutschen Kolonien, in der sich eine nennenswerte Anzahl deutscher Siedler niederließ. Neben dem Abbau von Diamanten und Kupfer war es insbesondere die Viehzucht, die deutsche Siedler ins Land lockte. Vor der deutschen Besiedlung lebten in dem Gebiet die einheimischen Stämme der Herero, Owambo, Damara, Nama und Witboois, mit denen es während der Besatzungszeit immer wieder zu teilweise auch kriegerischen Auseinandersetzungen kam. Häufig verursacht durch Drangsalierungen der Deutschen. 1904 erhoben sich die Herero und Nama gegen die Deutschen, nachdem Vergewaltigungen ihrer Frauen durch deutsche Siedler zunehmend ungesühnt blieben und sie zudem immer mehr aus ihrem Siedlungsgebiet zurückgedrängt und an den Rand ihrer wirtschaftlichen Existenz gebracht wurden.
Beide Stämme wurden noch im selben Jahr von den deutschen ›Schutztruppen‹ vernichtend geschlagen.

### *Gefangenenhaus Ostertorwache*

Anfang des 19. Jahrhunderts entstand in der Bremer Altstadt das Gefangenenhaus Ostertorwache. Erste und zugleich berühmteste Insassin war im April 1828, kurz nach Fertigstellung und Eröffnung des Gefangenenhauses, die Bremer Giftmischerin und Mörderin Gesche Gottfried. Heutzutage als Wilhelm-Wagenfeldt-Haus bekannt.

### *Große Weserbrücke (Bild S. 146)*

Im Zuge der Weserkorrektur, die eine Vertiefung und Begradigung des Flusses darstellte, ergab sich gegen Ende des 19. Jahrhunderts in Bremen die Notwendigkeit einer neuen Weserbrücke, da die alte Brücke den zu verändernden Ufern nicht angeglichen werden konnte. Nach dem Entwurf des Karlsruher Architekten Hermann Billing begannen 1893 die Bauarbeiten zur so genannten »Zweiten Großen Weserbrücke«, welche ebenfalls die Bremer Altstadt mit der Halbinsel Teerhof verbinden sollte. In zweijähriger Bauzeit entstand eine 137 Meter lange zweispurige Auslegerbrücke mit Fachwerkgerberträgern und einer Hängegurtung, ruhend auf zwei sandsteinverkleideten Strompfeilern. Diese bildeten eine Stromöffnung von 64 Metern Breite, an ihren Seiten jeweils ein Löwenkopf aus Sandstein befestigt war (je zwei Köpfe blickten also weserauf- und -abwärts). Beide Zufahrten zur Brücke waren von je zwei etwa vier Meter hohen Obelisken flankiert, an denen in halber Höhe ein zur Landseite schauender Löwenkopf aus Bronze angebracht war. Diese Obelisken markierten auch den Beginn der edlen Gusseisenverstrebungen, die das markanteste architektonische Merkmal der Brücke darstellten. Zwischen der Gusseisenkonstruktion verlief die neun Meter breite Fahrbahn für Kutschen und getrennt davon an den Außenseiten die Fußwege. Die Eröffnung der Großen Weserbrücke erfolgte im Jahre 1895. Genau fünfzig Jahre später, am 25. April

1945, wurde die Große Weserbrücke von der deutschen Wehrmacht gesprengt, um die von Süden anrückenden Engländer daran zu hindern, über die Weser in die Bremer Altstadt einzudringen. Die Große Weserbrücke war wegen ihrer Konstruktion in der Bremer Bevölkerung stets sehr beliebt und avancierte schon bald nach ihrer Erbauung zu einem der großen Wahrzeichen der Stadt. Noch heute gilt sie als die schönste und berühmteste der einstigen Bremer Weserbrücken.

### *Hemelingen*

Hemelingen war bis 1939 ein preußisches Dorf, bevor es als Ausgleich für Bremerhaven Bremen zugesprochen wurde. Der heutige Stadtteil liegt ca. sechs Kilometer östlich vom Zentrum der Stadt am rechten Ufer der Weser. Ein benachbarter Stadtteil ist unter anderem im Osten Osterholz. In Hemelingen begann durch die Bahnlinie bereits früh eine Industrialisierung. Zunächst verlegten vor allem Bremer Zigarrenfabrikanten ihre Betriebe in diesen Stadtteil, andere Betriebe, wie zum Beispiel die Silberwarenfabrik M. H. Wilkens & Söhne (1859), folgten alsbald. Die Einwohnerzahl stieg rasch an und vorstädtische Arbeitersiedlungen entstanden in allen Ortsteilen.

### *Hemelinger Apotheke*

1889 wurde in Hemelingen erstmalig eine Apotheke im Stile des Historismus erbaut – schon damals mit dem Namen »Alte Apotheke«. Die Apothekerfamilie lebte im Obergeschoss, im Erdgeschoss wurden Arzneien angefertigt und verkauft.

### *Herero*

Die Herero sind ein afrikanisches Hirtenvolk, das größtenteils im heutigen Staat Namibia (ehemals Deutsch-Südwestafrika) beheimatet war. Schon bald nach Beginn der deutschen Kolonialherrschaft (1884) kam es zu

Konflikten zwischen den deutschen Kolonialisten und den Hererohirten, häufig ging es dabei um Land- und Wasserrechte oder auch ungeahndete sexuelle Übergriffe auf Hererofrauen. Verheerend für die Herero wirkte sich vor allem das Jahr 1897 aus, als die Rinderpest und eine große Heuschreckenplage dazu führten, dass fast 70 Prozent ihres Viehbestandes verloren gingen. Von deutschen Händlern forcierte Kreditverkäufe trugen zudem dazu bei, dass die Herero in den darauffolgenden Jahren nachhaltig verarmten und zu weiteren Landverkäufen sowie zur Lohnarbeit bei deutschen Farmern gezwungen wurden. 1904 erhoben sich die Herero schließlich gegen die deutschen Kolonialisten und wurden vernichtend geschlagen. Insgesamt kamen 80 Prozent des gesamten Hererovolkes während der deutschen Kolonialzeit ums Leben.

***Herrenzimmer***
Als Herrenzimmer wurden um 1900 Räume bezeichnet, die ausschließlich für Männer gedacht waren. Die eigenen Frauen waren in Herrenzimmern in der Regel nicht willkommen, weiblichen Zutritt gab es nur von Reinigungs- und Unterhaltungspersonal. Die Einrichtung war unter normalen Umständen sehr luxuriös: mit dunklem Holz, großen, bequemen ledernen Sesseln und kleinen Couchtischen. In vielen Herrenzimmern gab es auch eine Bar, hier wurde geraucht, getrunken und gefeiert.

***Knecht***
Ein Knecht ist ein Arbeiter in einem landwirtschaftlichen Betrieb, das männliche Gegenstück zur Magd.

***Landjäger***
»Landjäger« war vom späten 18. Jahrhundert bis weit in die 1930er-Jahre in weiten Teilen des deutschen Sprachraums die offizielle Bezeichnung für besondere Polizei-

kräfte, die speziell mit Ordnungsaufgaben in ländlichen Gebieten betraut waren. Landjäger waren in ihren Distrikten in der Regel zu Fuß oder zu Pferd unterwegs. Ab 1854 waren Landjäger in Bremen für die Gebiete Lehe, Osterholz, Hastedt, Gröpelingen, Arsten, Habenhausen, Huchting und Woltmershausen zuständig.

### *Lüderitz, Adolf*

Franz Adolf Eduard Lüderitz (geboren 1834 in Bremen, gestorben 1886 am Oranje-Fluss im Deutsch-Südwestafrika) war ein Bremer Kaufmann und Tabakhändler und erster deutscher Landbesitzer im späteren Deutsch-Südwestafrika. 1882 fasste Lüderitz – zusammen mit dem jungen Bremer Kaufmann Heinrich Vogelsang – den Entschluss, in Südwestafrika eine deutsche Kolonie zu gründen (dieses Gebiet war zu diesem Zeitpunkt noch von keiner anderen Kolonialmacht besetzt). Am 1. Mai 1883 erwarb Heinrich Vogelsang von den Nama die Bucht von Angra Pequena und das Land im Umkreis von fünf Meilen, wobei er offen ließ, ob es sich dabei um deutsche oder die kürzeren englischen Meilen handeln sollte. Die Nama sahen sich getäuscht, da Lüderitz später von der fünfmal längeren deutschen Meile ausging. Trotz heftiger Proteste gelang es ihnen allerdings nicht, ihren Standpunkt durchzusetzen. 1886 nahm Lüderitz schließlich selbst an einer Expedition in Deutsch-Südwestafrika teil, um die Möglichkeit einer deutschen Ansiedlung an der Mündung des Oranje-Flusses zu erkunden. Dabei verunglückte er am 23. Oktober 1886 tödlich in einem Faltboot bei dem Versuch, die Küste vor der Oranje-Mündung zu untersuchen.

### *Magd*

Eine Magd gehört in einem landwirtschaftlichen Betrieb zum arbeitenden Gesinde, das weibliche Gegenstück zum Knecht.

### *Mark*

Die Mark, inoffiziell auch als »Goldmark« bezeichnet, war ab 1871 die Währung des Deutschen Kaiserreiches.

### *Nama*

Die Nama sind ein afrikanisches Volk, das mit mehreren Stämmen im späteren Deutsch-Südwestafrika siedelte und in der historischen Kolonialliteratur abwertend als »Hottentotten« bezeichnet wurde. Erste Konflikte mit der deutschen Kolonialmacht gab es bereits 1883, als der Bremer Kaufmann Heinrich Vogelsang im Auftrage von Adolf Lüderitz vom Nama-Häuptling Joseph Frederiks II. die heutige Lüderitzbucht mit fünf Meilen Hinterland erwarb und dabei nicht die den Nama bekannte englische Meile, sondern die fünfmal längere deutsche Meile veranschlagte. Am 3. Oktober 1904, kurz nach Niederschlagung der Revolte der Herero, erhoben sich auch die bis dorthin mit den Deutschen verbündeten Nama gegen die deutsche Kolonialmacht. Insgesamt kamen 50 Prozent des gesamten Namavolkes während der deutschen Kolonialzeit ums Leben.

### *Ost-Afrika-Linie*

Im Jahre 1888 beauftragte die Reichsregierung den Hamburger Überseekaufmann und Reeder Adolph Woermann mit der Erstellung von Plänen zur Einrichtung eines Liniendienstes nach Ostafrika. Mit zwei angekauften Dampfern wurde am 23. Juli 1890 der Betrieb als Ost-Afrika-Linie aufgenommen. Die ersten Jahre waren durch die Übernahme von Sansibar durch die Briten und zwei Schiffsunglücken durch Verluste gekennzeichnet, ehe 1894 die Erweiterung der Fahrten nach Südafrika zum nötigen Aufschwung führte. Die Fahrt mit einem Dampfschiff vom Hamburger Hafen bis nach Deutsch-Südwestafrika dauerte in der Regel mehrere

Wochen. Adolph Woermann wurde zu seiner Zeit der größte deutsche Westafrikakaufmann und mit seiner Woermann-Linie der größte Privatreeder der Welt.

### *Osterholz*

Der heutige Bremer Stadtteil Osterholz befindet sich etwa acht Kilometer östlich vom Bremer Stadtzentrum entfernt. Bis zur Mitte des 19. Jahrhunderts wurde das preußische Dorf noch durch Bauernhöfe und Landgüter geprägt, allmählich setzte aber auch hier die Industrialisierung ein. Um 1900 hatte Osterholz insgesamt 1.719 Einwohner, von denen nur noch ein Drittel von der Landwirtschaft lebte. 1945 wurde Osterholz zu Bremen eingemeindet.

### *Pfennigbrücke*

Im Jahre 1903 wurde über die Kleine Weser die »St.-Pauli-Brücke«, eine eiserne Bogenbrücke mit Zuggurt und eingehängter Fahrbahn, erstellt. Damit wurde die Straßenführung von der Großen Weserbrücke über den Teerhof in die Neustadt fortgesetzt. In der Nähe stand schon seit 1894 die kleine private so genannte Pfennigbrücke, dessen Überquerung damals einen Pfennig kostete und die 1903 abgerissen wurde.

### *Seemannsmission*

Um Seeleute von der ausbeuterischen Abhängigkeit der Wirtsleute und nicht zuletzt der sozialen Isolierung zu befreien, gründete die evangelische Kirche gegen Ende des 19. Jahrhunderts die ersten Seemannsmissionen in Norddeutschland.
Das erste Seemannsheim, welches allerdings erst später ein Heim der Deutschen Seemannsmission wurde, wurde bereits am 18. Oktober 1854 in der Bremer Altstadt vom Reeder Friedrich M. Vietor aus »christlicher Überzeugung« heraus gegründet.

***Swakopmund***
Die Stadt Swakopmund liegt direkt am Atlantischen Ozean (nahe der Mündung des Flusses Swakop) und erlangte historische Bedeutung als Teil der Kolonie Deutsch-Südwestafrika und als wichtigster Hafen für Einwanderer aus Deutschland, da der eigentlich geeignetere Naturhafen »Walfischbucht« (Walvis Bay) unter britischer Verwaltung stand und der Naturhafen von Lüderitz (»Lüderitzbucht«) zu weit südlich abseits der Wege in das Landesinnere lag. Ab 1894 fuhren die Dampfschiffe der Hamburger Reederei Woermann regelmäßig den Hafen von Swakopmund an.

***vergrellt***
Niederdeutsch für erzürnt, wütend, verärgert, böse.

***Vogelsang, Heinrich***
Heinrich Vogelsang (geboren 1862 in Bremen, gestorben 1914 ebenda) war ein Bremer Kaufmann. 1882 lernte er den Tabakhändler und Bremer Kaufmann Adolf Lüderitz kennen und wurde in dessen Firma (F.A.E. Lüderitz) eingestellt. Am 1. Mai 1883 erwarb Vogelsang im Auftrag von Lüderitz von den Nama die Bucht von Angra Pequena (heutige Lüderitzbucht) und das umliegende Land im Umkreis von fünf Meilen für 100 britische Pfund in Gold und 200 Gewehre. Adolf Lüderitz berief sich später auf die fünfmal längere deutsche Meile (diese »Irreführung« ging schließlich als »Meilenschwindel« in die Geschichte ein).

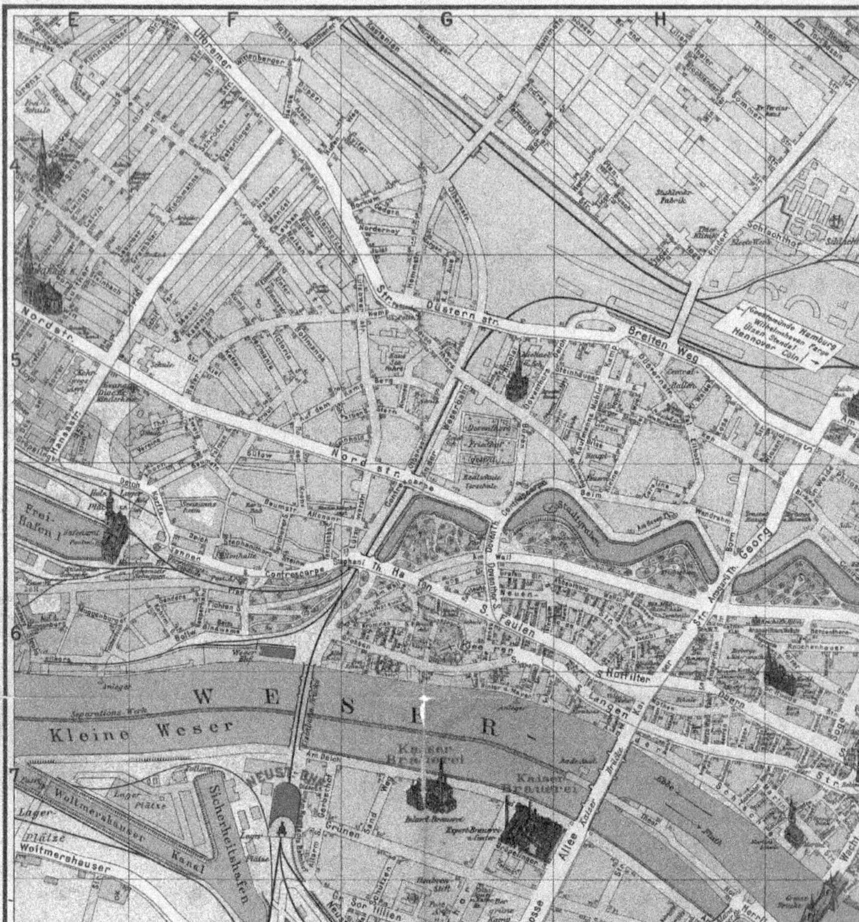


Urheber Dr. C. Loewe.

Entwurf u.

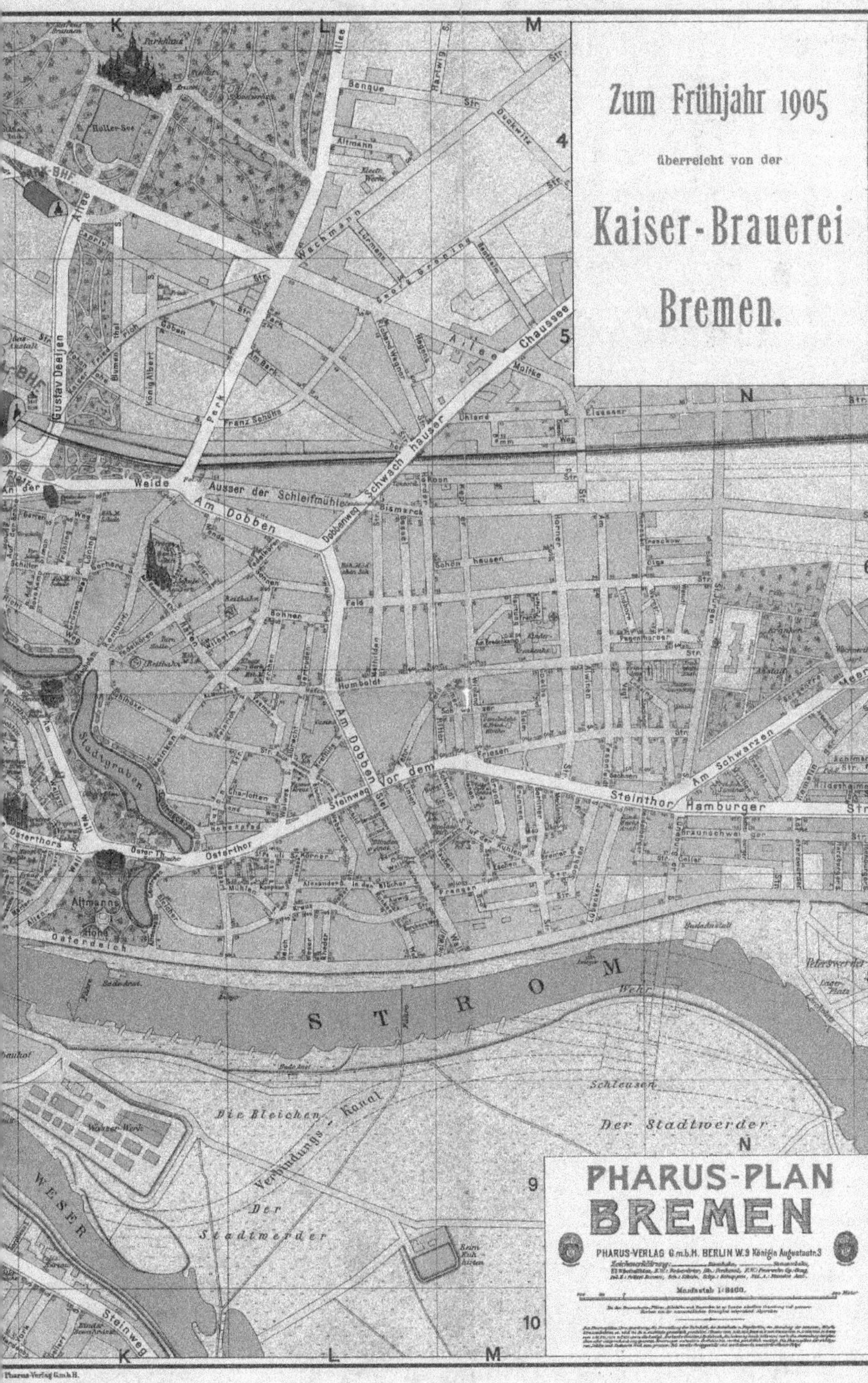


Pharus-Verlag G.m.b.H.

KARTE VON
DEUTSCH-SÜDWESTAFRIKA
nach amtlichen und anderen verlässlichen Quellen
bearbeitet von
OTTO HERKT.
Maßstab 1:3.000.000
(1 mm der Karte = 3 km in der Natur).
Kilometer.
Erklärungen: Ständig bewohnte Orte, zeitweilig bewohnte Orte und Wasserplätze, evangelische Missionsstation, katholische Missionsstation. Bergwerk, Berggipfel, Pass. Grenze des deutschen Gebietes. Eisenbahn in Betrieb, Eisenbahnprojekt, Wege mit regelmässigen Postverkehr, Karren- und Reitwege, Heliographenlinie und H. St. Heliographen-Station.
Flüsse, welche stets Wasser führen, Regenflüsse, Sumpfland.
Deutsche Dampferlinie, englische Dampferlinie.
Militär- und Polizei-Stationen sind schwarz unterstrichen.
P., A., H. Postamt, Postagentur, Posthilfstelle Sch. Regierungsschule.
NAMEN DER NATURVÖLKER.
Höhen (250) in Metern.
Regierungsseitig bereits verkauftes Land.
Land, auf welches Gesellschaften Eigentums- oder Nutzungsrechte besitzen.
Schnalzlaute der Hottentottensprache: ǀ Dental, ǂ Cerebral, ǁ Lateral, ǃ Palatal, ~ Nasal.
Deutsch-Südwestafrika, 830.960 qkm, 200.000 Einwohner, davon (1.1.03) 4682 Weisse (Deutsches Reich 540.743 qkm und 56.367.178 Einwohner).
DIE PROVINZ BRANDENBURG im Maßstabe der Hauptkarte
BERLIN
STETTIN
Frankfurt
AMBOLAND
Regierungsland
Kaoko
Land- u. Minen-Gesellschaft
South West Africa Co.
Swakopmund
Walfischbai
Kolonialgesellschaft
Südwest-Afrika
Lüderitz-Bucht
GROSS
Windhuk
Rehoboth
Port Nolloth

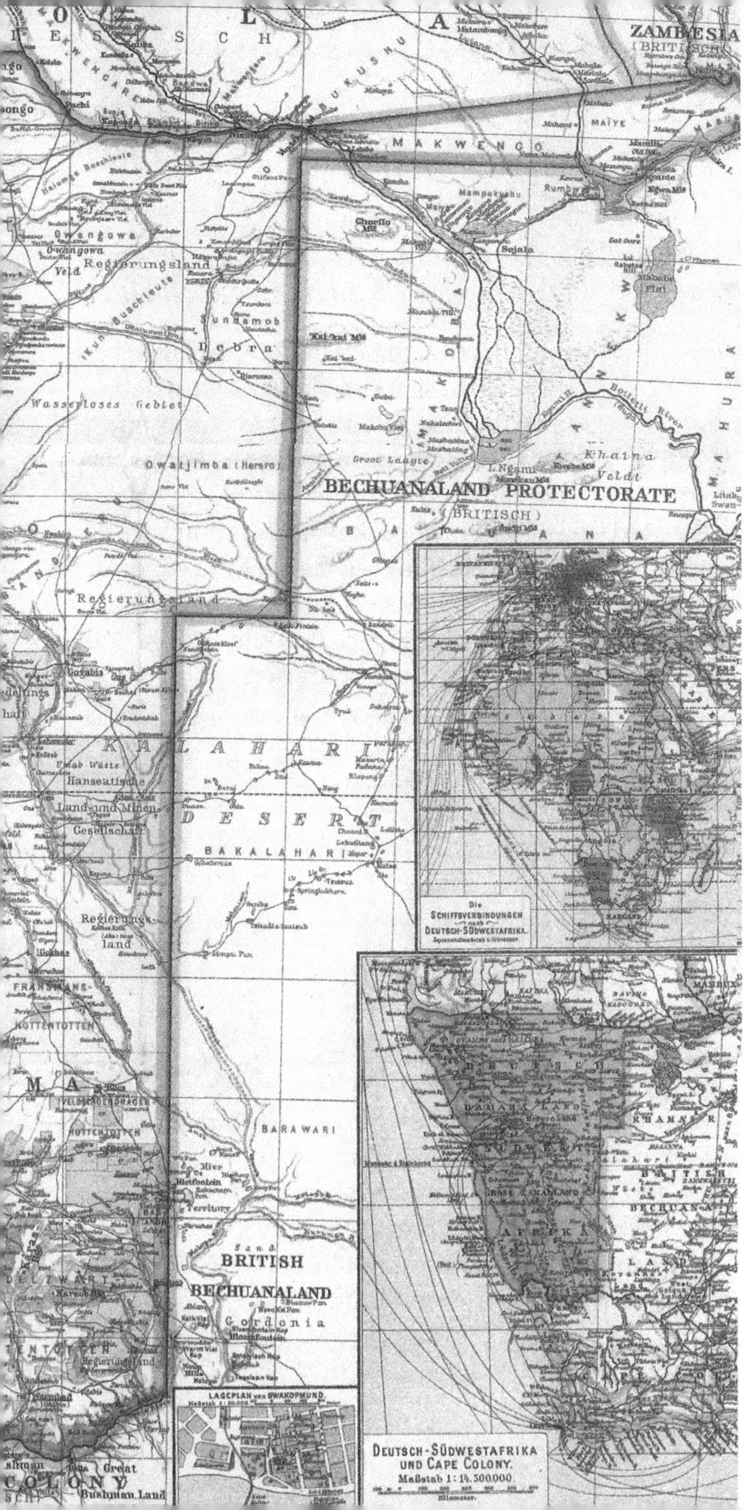
ZAMBESIA
(BRITISCH)
MAKWENGO
BECHUANALAND PROTECTORATE
(BRITISCH)
L. Ngami
Regierungsland
Owangowa
Wasserloses Gebiet
Owatjimba (Herero)
KALAHARI
DESERT
BAKALAHARI
Hanseatische Land und Minen-Gesellschaft
BRITISH BECHUANALAND
Gordonia
BARAWARI
LAGEPLAN von SWAKOPMUND
Die SCHIFFSVERBINDUNGEN nach DEUTSCH-SÜDWESTAFRIKA
DEUTSCH-SÜDWESTAFRIKA UND CAPE COLONY.
Maßstab 1: 14.500.000.
COLONY
Bushman Land

## Ebenfalls im KellnerVerlag erschienen:

*Jutta Dornheim*

### *Katzenmann • Roland • Faule Grete Der Bremen - Roman in Geschichten*

Eine irrwitzige Geschichte: 16 Jahre lang kümmerte sich der Katzenmann liebevoll um die einsame Katze, die er eines Tages im Bürgerpark am See auflas. Tag für Tag ging er zu ihr, um sie zu füttern. Die Katze starb inzwischen, aber den Katzenmann trifft man immer noch im Bürgerpark an. Dies ist nur einer der vielen Darsteller des realen Bremen-Romans, in dem uns die wichtigsten Orte und Charaktere Bremens vorgestellt werden. Die Autorin entdeckt die Stadt neu.

168 Seiten, 14,0 x 21,5 cm, Hardcover, mit 30 Originalzeichnungen, 9,90 Euro
ISBN 978-3-939928-68-3

*Johann-Günther König:*

### *Friedrich Engels*

Friedrich Engels erlangte als Politiker, Ökonom und Philosoph Weltruhm. Sein Aufenthalt in Bremen 1838–1841 kann als Meilenstein seiner Entwicklung gesehen werden. Mit vielen Bildern, sämtlichen Bremer Briefen, Zeichnungen , Artikel und literarischen Arbeiten: kritische, lehrreiche und humorvolle Zeugnisse einer vorrevolutionären Zeit, außergewöhnlichen Persönlichkeit und einer besonderen Stadt.

608 Seiten, 17 x 24 cm, Hardcover, mit Zeichnungen von F. Engels, 14,90 Euro
ISBN 978-3-927155-91-6

## *Was man in Bremen so sacht*

### *Vergnügliche Erläuterungen mit über 800 Stichwörtern*

Ein umfassender Sprachführer, der auch die liebenserten Eigenarten der Bremer/innen eingehend beleuchtet. Es mach Freude sich anhand der gediegenen Erklärungen mit den bremischen und den ›Schnacks‹ von der Waterkant vertraut zu machen. Seien Sie überrascht, wieviel Sie wiedererkennen werden. Ergänzt mit Bremen: Stadt-Land-Sprache sowie den traditionellen bremischen Bräuchen und Spezialitäten.

112 Seiten, 11,5 x 19,5 cm, Klappenbroschur, mit 63 Abbildungen, 6,90 Euro
ISBN 978-3-939928-55-3

*Johann-Günther König:*

## *Der Bremer Freimarkt*

Diese Bremensie zeigt die eindrucksvolle Entwicklung des Freimarkts in Wort und Bild. **Erstmalig zu sehen sind eine Fülle der früher beliebten farbigen Ansichtspostkarten ab 1880** sowie zahlreiche bislang unveröffentlichte Fotos und Dokumente. Berichtet wird auch über die bremischen Schaustellerfamilien, die bis heute zum guten Gelingen des Volksfestes beitragen. Nach dem Freimarkt ist vor dem Freimarkt.

128 Seiten, 17 x 24 cm, Hardcover, 140 farbige Abbildungen, 9,90 Euro
ISBN 978-3-939928-44-7

## Ebenfalls im KellnerVerlag erschienen:

*Chr. Palm-Hoffmeister & KIKE:*

***Schnittstellen des Glücks***
***Texte & Collagen***

In den sieben Kapiteln dieses sozialkritischen Kunstbandes von Christiane Palm-Hoffmeister (ihrem dritten) finden sich in Wort und Bild zahlreiche fesselnde Beispiele von verschiedensten Schnittstellen des Lebens. Eine faszinierende Symbiose aus Collagen, Gedichten und amüsanten Kurzgeschichten. Das Geschenk: für sich und andere.

128 Seiten, 21 x 21 cm, Hardcover, mit 48 farbige Collagen, € 14,90
ISBN 978-3-939928-64-5

*Georg Droste:*

***Ottjen Alldag***

***Bremer Streiche erstmals auf Hoch- und Niederdeutsch***

Ottjen – ein echtes Bremer Original. Der vitale Bengel hält seine Familie ganz schön auf Trab, holt sich die Kringel mit einer Feuerzange vom Weihnachtsbaum und klaut dem Fräulein Emilie den Zapfhahn aus der Regentonne, wodurch sich das Wasser über den Hof verteilt. Nachvollziehbar an Bremer Originalschauplätzen des ausgehenden 19. Jh. – ***Erstmals auf Hochdeutsch zu lesen, dazu parallel auf Plattdeutsch.*** **Neu 2012**

360 Seiten, 13,5 x 21 cm, Hardcover, ISBN 978-3-939928-81-2, € 14,90

*Marlies Böner Zollenkopf:*

## *Die Breidbachs*
## *Lebenslang politisch aktiv*

Herbert und Inge Breidbach haben sich nach den Ereignissen des Zweiten Weltkriegs zu Wort gemeldet, während die Mehrheit ihrer Generation schwieg. Diese beiden Bremer haben sich damit auseinandergesetzt, nichts beschönigt, mutig ihre politische Position neu definiert und sich weiterhin engagiert. Dieses Buch verknüpft die Lebensgeschichte zweier Menschen mit der Geschichte einer Stadt und einer Partei.
Bebildert mit vielen Fotos und Dokumenten. ***NEU 2013***

128 Seiten, A5, Softcover, ISBN 978-3-939928-94-2, € 10,00

*Eg Witt:*

## *WeserBlues*

Rolf Wirtstein wächst im beschaulichen **Weserbergland der Nachkriegszeit** auf. Die Enge seiner Heimatstadt schnürt ihm die Luft zum Atmen ab. Frei fühlt er sich vor allem an und auf der Weser. Als der Junge die Liebe zur Musik entdeckt und gleichgesinnte Musiker findet, ändert sich sein Leben …

208 Seiten, 14 x 21,5 cm, Softcover, ISBN 978-3-939928-33-1, € 9,90

*Heiner Brünjes:*

## *Für Bremen: Straßenbahngeschichten – eine Reise durch die BSAG*

Diesmal steht der normale Straßenbahn-Alltag im Vordergrund – aus Sicht der Beschäftigten und der Fahrgäste. Interessante Rundgänge durch die Werkstätten, typische Arbeitstage von Straßenbahn- und Busfahrern sowie Rück- und Ausblicke über die Linien. Die ›Freunde der Bremer Straßenbahn e. V.‹ haben zudem interessante Episoden mit vielen historischen Fotos aus der über 130-jährigen BSAG-Geschichte beigesteuert.

224 Seiten, 17 x 24 cm, Hardcover, 333 zumeist farbige Bilder, 6,90 Euro
ISBN 978-3-939928-32-4

*Henning Lühr:*

Nicht nur norddeutsch

## *Internationales Grünkohl-Kochbuch 50 Rezepte aus 27 Ländern*

In diesem Buch reisen die Leser/innen durch die Geschichte des Grünkohls. Sie erhalten Kennnis darüber, das und in welchen Ländern die Leibspeise der Norddeutschen einzog und wie sie dort mit landestypischen Gewürzen verfeinert wird. 50 Grünkohlgerichte aus 27 Ländern werden vorgestellt und mit 100 Aquarellen trefflich bebildert. Damit können Köche und Hobbyköche die verschiedenen Variationen selbst nachkochen.

132 Seiten, 21 x 21 cm, Hardcover, mit 100 farbigen Aquarellen, 16,90 Euro
3. Auflage 2012, ISBN 978-3-939928-71-3